홍익인간
韓 中 日
역사 연대기 중심 총망라
7만년 역사
⑤

■ 조홍근(曺洪根)

경남 밀양(密陽) 무안(武安) 삼강동(三綱洞)이 고향이며, 마산(馬山)고등학교를 졸업하고, 서울대학교에서 섬유공학을 전공, 법학을 부전공하였다. 대검찰청, 서울지방검찰청, 서울북부검찰청 등에서 13년간 근무하였으며, 미국 애리조나 폴리그래프 스쿨을 수료하고, 한국방송대학교에서 법학, 중어중문학, 영어영문학, 미디어영상학, 국어국문학을 전공하였다.

1980년경부터 40여 년 동안 족보(族譜)와 한중일(韓中日) 역사를 연구해 오면서, 부도지(符都誌), 한단고기(桓檀古記), 규원사화(揆園史話), 단기고사(檀奇古史) 등 귀중한 역사자료를 통하여, 우리역사 1만년을 넘어 마고(麻姑) 시대를 포함한 72399년의 역사를 밝히고 정립하는 데 총력을 기울이고 있다.

홍익인간 7만년 역사 5

© 조홍근, 2021

1판 1쇄 인쇄__2021년 10월 1일
1판 1쇄 발행__2021년 10월 3일

지은이__조홍근
펴낸이__이종엽
펴낸곳__글모아출판
　　　　등록__제324-2005-42호
공급처__(주)글로벌콘텐츠출판그룹
　　　　대표_홍정표 이사_김미미 편집_하선연 권군오 최한나 문방희 기획·마케팅_김수경 이종훈 홍민지
　　　　주소__서울특별시 강동구 풍성로 87-6
　　　　전화__02) 488-3280 팩스__02) 488-3281
　　　　홈페이지__http://www.gcbook.co.kr
　　　　이메일__edit@gcbook.co.kr

값 20,000원
ISBN 978-89-94626-89-5 04910
ISBN 978-89-94626-92-5 04910(전5권 세트)

홍익인간

韓 中 日
역사 연대기 중심 총망라

7만년 역사

⑤

조홍근(曺洪根) 편저

한국시대 9족(九族)의 분포지역

글모아출판

天符經

一始無始一析三極無
盡本天一一地一二人
一三一積十鉅無匱化
三天二三地二三人二
三大三合六生七八九
運三四成環五七一妙
衍萬往萬來用變不動
本本心本太陽昂明人
中天地一一終無終一

우리 역사 속 10대 대발견

❶ 홍익인간(弘益人間) 천부(天符)의 역사는 마고성(麻姑城:파미르고원)의 마고(麻姑)시대인 서기전 70378년 계해년(癸亥年)부터 시작되었음을 최초로 밝혔음.

❷ 역법(曆法)이 시작된 해는 마고성(麻姑城)의 황궁씨(黃穹氏) 시대인 서기전 25858년 계해년(癸亥年)임을 밝혔으며, 서기전 70378년 계해년이 마고(麻姑) 기원(紀元:천부 天符)임을 밝혔음.

❸ 황궁씨를 이은 나반(那般:那般尊者:獨聖者)이 한국(桓國)시대 한인씨(桓因氏) 이전의 임금이던 유인씨(有因氏)이며, 한인씨 7대(代)가 약 1,000년을 다스렸다는 것임을 밝혔음.

❹ 윷놀이판의 모습이 천부경(天符經)의 무극, 삼태극, 운삼사성환오칠의 무한조화순환역(無限造化循環易) 및 음양오행(陰陽五行), 태양태음성력(太陽太陰星曆)이자 단군조선의 정치행정 구조를 나타낸 것임을 밝혔으며, 하도(河圖)와 낙서(洛書)가 배달나라 시대의 음양오행수리역(陰陽五行數理易)이며, 태호복희 8괘역과 윷놀이판의 역(易)이 지구의 자전(自轉)과 공전(公轉)을 기반으로 한 무한순환 역(易)임을 밝혔음.

❺ 천제(天帝), 천황(天皇: 天王), 천군(天君), 천공(天公), 천후(天侯), 천백(天伯), 천자(天子), 천남(天男)의 위계질서를 최초로 밝히고, 천제자(天帝子)와 천자(天子)의 차이점을 최초로 밝혔으며, 태호복희씨(太皞伏羲氏)가 일반 천자(天子)가 아니라 천지인(天地人) 삼신(三神)에게 제(祭)를 올리는 권한을 가진 제사장인 천군(天君)임을 밝혔음.

❻ 아리랑(阿里嶺) 민요의 원천이 되는 최초의 역사적 사실이 서기전 2333년 10월 3일 조선을 건국하기 이전에 있었던 당요(唐堯)의 전란(戰亂)으로 인하여 단군왕검(檀君王儉)께서 동북의 아사달로 이동한 과정임을 밝혔음.

❼ 고대중국의 천자로 불리는 황제헌원(黃帝軒轅) 및 요순우(堯舜禹)와 고대 일본 왜(倭)의 시조 신무왕(神武王)이 배달, 단군조선의 제후인 천자(天子)로서 독립을 시도한, 홍익인간 왕도 정치권에서 이탈한 역천자(逆天者)임을 밝혔음.

❽ 우비(禹碑:우 치수기념 부루공덕비)의 비문을 국내 최초로 역사적 해석을 하였는 바, 우비는 서기전 2267년 이후 우(禹)가 치수에 성공한 후 치수법(治水法)을 전수해 준 단군조선 태자 부루의 공덕을 새겨 남악(南嶽) 형산(衡山)에 세운 것임을 밝혔음.

❾ 일본 국조신(國祖神)인 천조대신(天照大神)의 사당인 이세신궁(伊勢神宮)에 소장된 원시한글 축문을 국내 최초로 완벽 해독하고, 요하유로 기록된 천조대신이 단군조선 두지주(쿄只州) 예읍(濊邑)의 추장(酋長)인 두지도리의 후손임을 밝혔음.

❿ 명도전(明刀錢) 등에 새겨진 문자를 단군조선 문자로서 최초로 해독한 학자 허대동 선생 〈저서 고조선 문자〉의 가림토(加臨土)의 연구에 검증차 참여하여 첨수도(尖首刀), 명도전이 단군조선의 화폐이며 그 위에 새겨진 문자가 단군조선의 상형 및 표음 문자임을 밝혔으며, 배달시대부터 상음문자(象音文字)가 사용되었고 숫자 등 기본 한자(漢字)의 원발음이 단군조선 시대의 가림토식 음독(音讀)임을 밝혔음. 그 외 다수

『홍익인간 7만년 역사』를 쓴 이유

一. 홍익인간 실현의 우리 상고사 상식화

二. 연대기 역사 중심의 신화가 아닌 사실적
　　역사 강조

三. 아놀드 토인비의 한국사 지위 설정 오류의
　　교정 및 올바른 세계사 정립

목 차

홍익인간

韓 中 日
역사 연대기 중심 총망라

7만년 역사

부록

1. 천부경(天符經), 한국(桓國)시대, 서기전 3897년 이전

2. 삼일신고(三一神誥), 한국(桓國)시대, 서기전 3897년 이전

3. 참전계경(參佺戒經), 한국(桓國)시대, 서기전 3897년 이전 〈팔강(八綱) 발췌〉

4. 태극경(太極經:圓方角經), 배달나라 발귀리(發貴理) 선인(仙人), 서기전 3500년경

5. 무여율법(無餘律法) 4조, 배달나라, 서기전 3897년경 이후

6. 헌원 토벌 포고문(軒轅討伐布告文), 배달나라 치우천왕, 서기전 2697년경,

7. 천범(天範) 8조, 단군왕검(檀君王儉) 천제(天帝), 서기전 2333년경

8. 우 치수기념 부루공덕비(禹治水記念扶婁功德碑) 비문(碑文), 사공(司空) 우(禹)

9. 어아가(於阿歌), 배달나라이후

10. 신왕종전지도(神王倧佺之道), 조선 을보륵(乙普勒) 선인(仙人), 서기전 2182년

11. 중일지도(中一之道), 단군조선 제3대 가륵 천왕, 서기전 2180년

12. 서효사(誓效詞), 단군조선 신지(神誌) 발리(發理), 서기전 2049년

13. 도경(道經), 단군조선 유위자(有爲子) 선인(仙人), 서기전 1900년경

14. 대원일경(大圓一經), 서기전 1891년

15. 애한가(愛桓歌:山有花歌), 단군조선, 서기전 1583년

16. 백두산 서고문(白頭山誓告文), 단군조선 제22대 색불루 천왕, 서기전 1285년

17. 팔조금범(禁八條), 단군조선, 서기전 1282년

18. 천단축가(天壇築歌), 단군조선, 서기전 1130년

19. 홍범구주(洪範九疇)서문, 주서(周書)송미자세가(宋微子世家), 서기전 1122년경

20. 형제가(兄弟歌), 단군조선, 서기전 943년

21. 감물산(甘勿山) 삼성사(三聖祠) 서고문(誓告文), 단군조선, 서기전 813년

22. 도리가, 단군조선, 서기전 795년

23. 다물흥방 고천문(多勿興邦告天文), 북부여 고주몽, 서기전 59년

24. 고주몽성제조서(高朱蒙聖帝詔書), 고구려 고주몽, 서기전 37년경

25. 삼일신고 독법(三一神誥讀法), 고구려 극재사, 서기전 37년경

26. 참전계경 총론(參佺戒經總論), 고구려 을파소, 서기 200년경

27. 광개토경평안호태황비 비문, 고구려 장수제, 서기 414년 9월 29일

28. 도덕론(道德論), 고구려 을지문덕(乙支文德), 서기 600년경

29. 삼일신고 주해(三一神誥註解), 대진국 임아상, 서기 714년

30. 삼일신고 봉장기(三一神誥奉藏記), 대진국 제3대 문황제, 서기 739년

1. 천부경(天符經) 〈81자〉

一 始 無始 一

析 三極 無盡 本

天一 一 地一 二 人一 三

一 積 十鉅 无匱 化三

天二 三 地二 三 人二 三

大三 合六 生七八九

運 三四 成環 五七

一 妙衍 萬往萬來 用變 不動 本

本心 本太陽 昂明人 中 天地 一

一 終 無終 一

一은 始이자 無始의 一이라.

析하면 三極으로 無盡의 本이라.

天一이 一이요 地一이 二요 人一이 三이라.

一이 積하여 十으로 鉅하고 无匱로 化하여 三이라.

天二가 三이요 地二가 三이요 人二가 三이라.

大三의 合은 六이요 生은 七八九며,

運은 三四요 成環은 五七이라.

一은 妙然하여 萬往萬來로 用變해도 不動의 本이라.

本心은 本太陽이니 昂明人 中에 天地가 一이라.

一은 終이자 無終의 一이라.

판본간 상이한 글자 * 0은 같은 글자

태백일사본	묘향산 석벽본	최고운 사적본 (단전요의본)	농은본	노사 전비문전
析三極	000	碩00	新00	000
無匱	0櫃	0愧	00	00
化三	00	00	從0	00
大三合	000	000	0氣0	0氣0
運三四	000	000	夷00	000
成環五七	0000	0000	000十	0000
一妙衍	0杳演	0杳演	000	000
本心本	000	000	000	000
昂明	00	仰0	00	00
天地一	000	0中0	000	000

- 태백일사본과 최고운 선생이 새겼다는 묘향산 석벽본의 글자는 소기가 같은 櫃, 杳演만 다르고, 최고운 사적본은 각 다른 글자이나 소리는 같고 中 한 자만 다르다. 이는 아마도 후세에 전해지면서 뜻을 중시하지 아니하고 소리로만 외우다 기록한 것으로 보인다. 杳演의 글자가 석벽본과 단전요의본이 같은 것으로 보면 묘향산 석벽의 천부경은 최고운 선생이 새긴 것이 확실하다.
- 농은본의 다른 글자는 태백일사본의 것과 갑골문의 형태가 엇비슷한 글자로서 각 오기로 보인다.
- 노사 전비문본은 氣 한 자만 다르다.
- 이상으로 종합하여 보면 태백일사본이 가장 정확한 것이 된다.

묘향산 석벽본 천부경

고려말 민농은 선생의 천부경

2. 삼일신고(三一神誥) 〈366자〉

帝曰 爾五加衆 蒼蒼非天 玄玄非天 天無形質 無端倪 無上下四方 虛虛空空 無不在 無不容

神在 無上一位 有大德 大慧大力 生天 主無數世界 造牲牲物 纖塵無漏 昭昭靈靈 不敢名量 聲氣願禱 絶親見 自性求子 降在爾腦

天神國 有天宮 階萬善 門萬德 一神攸居 群靈諸哲 護侍大吉祥 大光明處 惟性通 功完者 朝永得快樂

爾觀森列 星辰數無盡 大小明暗 苦樂不同 一神造群世界 神勅 日世界使者 轄七百世界 爾地自大 一丸世界 中火震盪 海幻陸遷 乃成見象 神呵氣包底 煦日色熱 行翥化游栽物 繁殖

人物同受 三眞曰 性命精 人全之 物偏之 眞性無善惡 上哲通 眞命無淸濁 中哲知 眞精無厚薄 下哲保 返眞一神 惟衆迷地 三妄着根 曰心氣身 心依性 有善惡 善福惡禍 氣依命 有淸濁 淸壽濁夭 身依精 有厚薄 厚貴薄賤 眞妄對作 三途曰 感息觸 轉成十八境 感 喜懼哀怒貪厭 息 芬爛寒熱震濕 觸 聲色臭味淫抵 衆 善惡淸濁厚薄 相雜從境途任走 墮生長消病歿苦 哲 止感調息 禁觸 一意化行 返妄卽眞 發大神機 性通功完 是

3. 참전계경(參佺戒經) 팔강(八綱) 발췌

誠者 衷心之所發 血性之所守 有六體四十七用

信者 天理之必合 人事之必成 有五圍三十五部

愛者 慈心之自然 人性之本質 有六範四十三圍

濟者 德之兼善 道之賴及 有四規三十二模

禍者 惡之所召 有六條四十二目

福者 善之餘慶 有六門四十五戶

報者 天報惡人以禍 報善人以福 有六階三十及

應者 惡受禍報 善受福報 有六果三十九形

4. 한국 오훈 (桓國五訓) ⟨20자⟩

誠信不僞

敬勤不怠

孝順不違

廉義不淫

謙和不鬪

5. 태극경(太極經:圓方角經) 〈99자〉

大一其極 是名良氣 無有而混 虛粗而妙

三一其體 一三其用 混妙一環 體用無岐

大虛有光 是神之像 大氣長存 是神之化

眞命所源 萬法是生 日月之子 天神之衷

以照以線 圓覺而能 大降于世 有萬其衆

故 圓者一也 無極 方者二也 反極 角者三也 太極

6. 무여율법(無餘律法) 4조

人之行跡 時時淸濟 勿使暗結生鬼 煩滯化魔 使人世 通明無餘一障

人之聚積 死後堤功 勿使陳垢生鬼 濫費化魔 使人世 普洽無餘一憾

頑着邪惑者 謫居於曠野 時時被其行 使邪氣 無餘於世上

大犯罪過者 流居於暹島 死後焚其尸 使罪集 無餘於地上

7. 삼륜(三倫)

父父子子 君君臣臣 師師徒徒

8. 구덕(九德) 구서(九誓)

孝于家

友于兄弟

信于師友

忠于國

遜于群

明知于政事

勇于戰陣

廉于身行

義于職業

9. 헌원 토벌 포고문(軒轅討伐布告文)

爾軒丘 明聽朕誥 日之有子 惟朕一人

爲萬世爲公之義 作人間洗心之誓

爾軒丘侮我三神一體之原理 怠棄三倫九誓之行

三神久厭其穢 命朕一人行三神之討

爾早已洗心改行 自性求子降在爾腦

若不順命 天人咸怒 其命之不常 爾無可懼乎哉

10. 천범(天範) 8조(條) 〈264자〉

天範 惟一 弗二厥門 爾惟純誠一 爾心乃朝天

天範恒一 人心惟同 推己秉心 以及人心 人心惟化 亦合天範 乃用御于萬邦

爾生由親 親降自天 惟敬爾親 乃克敬天 以及于邦國 是乃忠孝 爾克體是道 天有崩 必先脫免

禽獸有雙 弊履有對 爾男女以和 無怨無妬無淫 爾嚼十指 痛無大小 爾相愛無胥讒 互佑無相殘 家國以興

爾觀牛馬 猶分厥芻 爾互讓 無胥奪 共作無相盜 國家以殷

爾觀于虎 强暴不靈 乃作孼 爾無桀驚以戕性 無傷人 恒遵天範 克愛勿 爾扶傾無陵弱 濟恤無侮卑 爾如有越厥則 永不得神佑 身家以殞

爾如有衝 火于禾田 禾稼將殄滅 神人以怒 爾雖厚包 厥香必漏 爾敬持彝性 無懷慝 無隱惡 無藏禍 心克敬于天 親于民 爾乃福祿 無窮 爾五加衆 其欽哉

11. 치수기념 부루공덕비(禹治水記念扶婁功德碑) 비문(碑文) 〈77자〉

承帝曰咨 翼輔佐卿 洲諸與登 鳥獸之門

參身洪流 而明發爾興 久旅忘家 宿嶽麓庭

智營形折 心罔弗辰 往求平定 華岳泰衡

宗疏事衰 勞余神禋 鬱塞昏徙 南瀆愆亨

衣制食備 萬國其寧 竄舞永奔

12. 어아가(於阿歌) 〈131자〉

於阿於阿 我等大祖神 大恩德 倍達國 我等皆 百百千千 勿忘

於阿於阿 善心大弓成 惡心矢的成 我等百百千千人皆 大弓絃同善心直矢一心同

於阿於阿 我等百百千千人皆大弓一 衆多矢的 貫破 水沸湯同善心中一塊雪惡心

於阿於阿 我等百百千千人皆 大弓堅勁同心 倍達國光榮 百百千千年 大恩德

我等大祖神 我等大祖神

13. 신왕종전지도(神王倧佺之道)

神者 能引出萬物 各全其性 神之所妙 民皆依恃也

王者 能德義理世 各安其命 王之所宣 民皆承服也

倧者 國之所選也 佺者 民之所擧也 皆 七日爲回 就三神執盟 三忽爲佺 九桓爲

倧 盖其道也

欲爲父者 斯父矣 欲爲君者 斯君矣 欲爲師者 斯師矣 爲子爲臣爲徒者 亦斯子

斯臣斯徒矣

故 神市開天之道 亦以神施敎 知我求獨空我存物 能爲福於人世 而己代天神

而王天下 弘道益衆 無一人失性 代萬王而主人間 去病解怨 無一物害命 使國

中之人 改妄卽眞 而三七計日會 全人執戒 自是 朝有倧訓 野有佺戒 宇宙精氣

粹鍾日域 三光五精 凝結腦海 玄妙自得 光明共濟 是爲 居發桓也 施之九桓 九

桓之民 咸率歸一于化

14. 중일지도(中一之道)

天下大本 在於吾心之中一也 人失中一 則事無成就 物失中一 則體乃傾覆

君心惟危 衆心惟微 全人統均 立中勿失 然後乃定于一也

惟中惟一之道 爲父當慈 爲子當孝 爲君當義 爲臣當忠 爲夫婦當相敬 爲兄弟

當相愛 老少當有序 朋友當有信

飾身恭儉 修學鍊業 啓智發能 弘益相勉 成己自由 開物平等以 天下自任 當尊

國統 嚴守憲法 各盡其職 獎勤保産 於其國家 有事之時 捨身全義 冒險勇進以

扶萬世无彊之運祚也

是 朕與爾國人 切切佩服 而勿替者也 庶幾一體完實之至意焉 其欽哉

15. 서효사(誓效詞) 〈180자〉

朝光先受地 三神赫世臨 桓因出象先 樹德宏且深

諸神議遣雄 承詔始開天 蚩尤起靑邱 萬古振武聲

淮岱皆歸王 天下莫能侵 王儉受大命 懽聲動九桓

魚水民其蘇 草風德化新 怨者先解怨 病者先去病

一心存仁孝 四海盡光明 眞韓鎭國中 治道咸維新

慕韓保其左 番韓控其南 峻岩圍四壁 聖主幸新京

如秤錘極器 極器白牙岡 秤幹蘇密浪 錘者安德鄕

首尾均平位 賴德護神精 興邦保太平 朝降七十國

永保三韓義 王業有興隆 興廢莫爲說 誠在事天神

16. 도경(道經)

道之大原 出乎三神也 道旣無對無稱 有對非道 有稱亦非道也 道無常道 而隨
時 乃道之所貴也 稱無常稱 而安民乃稱之所實也 其無外之大 無內之小 道乃
無所不含也

天之有機 見於吾心之機 地之有象 見於吾身之象 物之有宰 見於吾氣之宰也
乃執一而含三 會三而歸一也 一神所降者 是物理也 乃天一生水之道也 性通
光明者 是生理也 乃地二生火之道也 在世理化者 是心理也 乃人三生木之道
也 盖 大始 三神造三界 水以象天 火以象地 木以象人 夫 木者柢地而 出乎天
亦始人立地而出 能代天地

17. 대원일경(大圓一經) 〈67자〉

天以玄黙 爲大其道也 普圓 其事也 眞一
地以畜藏 爲大其道也 效圓 其事也 勤一
人以知能 爲大其道也 擇圓 其事也 協一
故 一神降衷 性通光明 在世理化 弘益人間

18. 애한가(愛桓歌:山有花歌)

山有花 山有花 去年種萬樹 今年種萬樹

春來不咸 花萬紅 有事天神 樂太平

19. 백두산 서고문(白頭山誓告文)

朕 小子 檀君 索弗婁 拜手稽首 自 天帝子之 修我 以及民

必自祭天 以敬皇上 受 三神明命 普恩大德

旣與 三韓 五萬里之 土境 共享 弘益人間

故 遣 馬韓 黎元興 致祭于 三神一體 上帝之壇

神其昭昭 體物無遺 潔齋誠供 降歆黙佑

必能賁餙 新帝之建極 世保三韓 千萬年 无彊之 祚業

年穀豊熟 國富民殷 庶昭我聖帝 空我存物之至念

20. 팔조금법(八條禁法)-금팔조(禁八條)

相殺以當時相殺

相傷以穀償

相盜者男沒爲其家奴女爲婢

毀蘇塗者禁錮

失禮義者服軍

不勤勞者徵公

作邪淫者笞刑

行詐欺者訓放

21. 천단축가(天壇築歌)

精誠乙奴 天壇築爲古 三神主其 祝壽爲世

皇運乙 祝壽爲未於 萬萬歲魯多

萬民乙 睹羅保美御 豊年乙 叱居越爲度多

22. 홍범구주(洪範九疇) [尙書(書經) 周書 洪範]

武王 勝殷殺受 立武庚以 箕子歸 作洪範 惟十有三祀 王訪于箕子 王乃言曰 嗚乎箕子 惟天陰騭下民 相協厥居 我不知 其彝倫攸敍 箕子乃言曰 我聞在昔 鯤陻洪水 汩陳其五行 帝乃震怒 不畀洪範九疇 彝倫攸斁 鯤卽殛死 禹乃嗣興 天乃錫禹 洪範九疇 彝倫攸敍 (참고: 송미자세가 홍범구주 - 周武王伐紂克殷, 微子乃持其祭器造於軍門, 肉袒面縛, 左牽羊, 右把茅, 膝行而前以告。於是 武王乃釋微子, 復其位如故。武王封紂子武庚祿父以續殷祀, 使管叔´蔡叔 傅相之。武王旣克殷, 訪問箕子。武王曰:「於乎! 維天陰定下民, 相和其 居, 我不知其常倫所序。」箕子對曰:「在昔鯤陻鴻水, 汩陳其五行, 帝乃 震怒, 不從鴻範九等, 常倫所斁。鯤則殛死, 禹乃嗣興。天乃錫禹鴻範九 等, 常倫所序。)

初一 曰 五行

次二 曰 敬用五事

次三 曰 農用八政

次四 曰 協用五紀

次五 曰 建用皇極

次六 曰 乂用三德

次七 曰 明用稽疑

次八 曰 念用庶徵

次九 曰 嚮用五福 威用六極

[五行]

一 五行 一曰水 二曰火 三曰木 四曰金 五曰土 水曰潤下 火曰炎上 木曰曲直 金曰從革 土曰稼穡 潤下作鹹 炎上作苦 曲直作酸 從革作辛 稼穡作甘

[敬用五事]

二 五事 一曰貌 二曰言 三曰視 四曰聽 五曰思 貌曰恭 言曰從 視曰明 聽曰聰
思曰睿 恭作肅 從作乂 明作哲 聰作謀 睿作聖

[農用八政]

三 八政 一曰食 二曰貨 三曰祀 四曰司空 五曰司徒 六曰司寇 七曰賓 八曰師

[協用五紀]

四 五紀 一曰歲 二曰月 三曰日 四曰星晨 五曰曆數

[建用皇極]

五 皇極, 皇建其有極, 斂時五福, 用敷錫厥庶民, 惟時厥庶民, 于汝極, 錫汝保極
凡厥庶民, 無有淫朋, 人無有比德, 惟皇作極 凡厥庶民, 有猷有爲有守, 汝則念
之. 不協于極, 不罹于咎, 皇則受之, 而康而色曰, 予攸好德, 汝則錫之福. 時人
斯其 惟皇之極 無虐煢獨, 而畏高明. 人之有能有爲, 使羞其行, 而邦其昌 凡厥
正人, 旣富方穀. 汝弗能使有好于而家, 時人斯其辜, 于其無好德, 汝雖錫之福,
其作汝用咎. 無偏無陂, 遵王之義, 無有作好, 遵王之道, 無有作惡, 遵王之路.
無偏無黨, 王道蕩蕩, 無黨無偏, 王道平平, 無反無側, 王道正直, 會其有極, 歸
其有極. 曰, 皇極之敷言, 是彝是訓, 于帝其訓, 凡厥庶民, 極之敷言, 是訓是行,
以近天子之光, 曰, 天子作民父母, 以爲天下王

[乂用三德]

六 三德 一曰正直, 二曰剛克, 三曰柔克° 平康正直, 彊不友剛克, 內友柔克,
沈漸剛克, 高明柔克° 維辟作福, 維辟作威, 維辟玉食° 臣無有作福作威玉
食° 臣有作福作威玉食, 其害于而家, 兇于而國, 人用側頗僻, 民用僭忒°

[明用稽疑]

七 稽疑 擇建立卜筮人° 乃命卜筮, 曰雨, 曰濟, 曰涕, 曰霧, 曰克, 曰貞,
曰悔, 凡七° 卜五, 占之用二, 衍忒° 立時人作卜筮, 三人占則從二人之
言° 女則有大疑, 謀及女心, 謀及卿士, 謀及庶人, 謀及卜筮° 女則從, 龜
從, 筮從, 卿士從, 庶民從, 是之謂大同, 而身其康彊, 而子孫其逢吉° 女

則從, 龜從, 筮從, 卿士逆, 庶民逆, 吉° 卿士從, 龜從, 筮從, 女則逆, 庶民逆, 吉° 庶民從, 龜從, 筮從, 女則逆, 卿士逆, 吉° 女則從, 龜從, 筮逆, 卿士逆, 庶民逆, 作內吉, 作外兇° 龜筮共違于人, 用靜吉, 用作兇°

[念用庶徵]

八 庶徵 曰雨, 曰陽, 曰奧, 曰寒, 曰風, 曰時° 五者來備, 各以其序, 庶草繁廡° 一極備, 兇° 一極亡, 兇° 曰休徵 : 曰肅, 時雨若, 曰治, 時暘若 ; 曰知, 時奧若 ; 曰謀, 時寒若 ; 曰?, 時風若° 曰咎徵 : 曰狂, 常雨若 ; 曰僭, 常暘若 ; 曰舒, 常奧若 ; 曰急, 常寒若 ; 曰霧, 常風若° 王曰省維歲, 卿士維月, 師尹維日° 歲月日時毋易, 百谷用成, 治用明, 畯民用章, 家用平康° 日月歲時既易, 百谷用不成, 治用昏不明, 畯民用微, 家用不寧° 庶民維星, 星有好風, 星有好雨° 日月之行, 有冬有夏° 月之從星, 則以風雨°

[嚮用五福 威用六極]

九 五福 一曰壽, 二曰富, 三曰康寧, 四曰攸好德, 五曰考終命° 六極 一曰兇短折, 二曰疾, 三曰憂, 四曰貧, 五曰惡, 六曰弱°

23. 형제가(兄弟歌)

兄隱 伴多是 弟乙 愛爲古

弟隱 味當希 兄乙 恭敬爲乙支尼羅

恒常 毫尾之事魯西

骨肉之情乙 傷巵 勿爲午

馬度 五希閭 同槽奚西 食爲古

鴈度 亦一行乙 作爲那尼

內室穢西 非綠 歡樂爲那

細言乙良 愼廳勿爲午笑

24. 감물산(甘勿山) 삼성사(三聖祠) 서고문(誓告文)

三聖之尊與神齋功 三神之德因聖益大

虛粗同體個全一如 智生雙修形魂俱衍

眞敎乃立信久自明 承勢以尊回光反躬

截彼白岳萬古一蒼 列聖繼作文興禮樂

規模斯大道術淵宏 執一含三會三歸一

大演天戒永世爲法

25. 도리가(兜里歌)

天有朝暾 明光照耀 國有聖人 德敎廣被

大邑國 我倍達聖朝 多多人 不見苛政

熙皞歌之 長太平

26. 다물흥방 고천문(多勿興邦告天文) 〈128자〉

桓桓上尊 照臨九桓 昫昫闢荒 我土我穀

惟我辰韓 旣殷且富 七人同德 誓復弘願

斥逐寇掠 完我旧疆 去彼宿病 解我積寃

飢饉兵亂 一幷掃盡 引道愛民 三韓同治

自西而東 自北而南 幼必從佺 老有所倧

以歌以舞 且醉且飽 九桓一土 齊登壽域

今朕寡德 甚勤而時 叩頭薦供 神嗜飲食

以利我征 俾光我功 佑我國家 壽我人民

27. 고주몽 성제 조서 (高朱蒙聖帝詔書)

檀君高朱蒙 詔曰 一神造萬人一像 均賦三眞 是其代天 而能立於世也 況 吾國之先 出自北夫餘 爲天帝子之乎 哲人虛靜律身 其心神安泰 自與衆人 事事得宜 用兵所以緩侵伐也 行刑所以期無刑也 故 虛極靜生 靜極知滿 知極德隆也 故 虛以聽敎 靜以결矩 知以理物 德以濟人 此乃神市開物施化 爲天神通性 爲衆生立法 爲先王完功 爲天下萬世 成智生雙修之化也〈參佺戒經總論, 乙巴素傳受

28. 삼일신고 독법(三一神誥讀法) 〈220자〉

我言衆 必讀神誥 先擇淨室 壁揭原理圖 盥漱潔身 整衣冠 斷葷穢 燒栴檀香 斂膝跪坐 黙禱于一神 立大信誓 絶諸邪想 持三百六十六顆 大檀珠 一心讀之 正文 三百六十六言之原理 徹上徹下 與珠 合作一貫 至三萬回 灾厄漸消 七萬回 疾疫不侵 十萬回 刃兵可避 三十萬回 禽獸馴伏 七十萬回 人鬼敬畏 一百萬回 靈哲指導 三百六十萬回 換 三百六十六骨 湊 三百六十六穴 會 三百六十六度 離苦就樂 其妙 不可殫記 若 口頌心違 起邪見 有褻慢 雖 億萬斯讀 如入海捕虎 了沒成功 反爲 壽祿滅削 禍害立至 轉墮 苦暗世界 杳無 出頭之期 可不懼哉 勖之勉之

29. 참전계경 총론(參佺戒經總論)

群星辰中 惟地 明暗中 寒暑平 可適産育 物有無生有有生 無生不殖不滅 有生能殖竟歸于滅 惟其藉乎無生有生作 獨陽不生 獨陰不和 偏亢反戾于成 二者相感而和 乃可資育 苟生而不和 無攸成 雌雄以類 而卵而殖 相傳勿替 寒熱震濕 而時陰陽調 行翥化游栽物乃作

五物之秀 曰人 厥初 有一男一女 曰那般阿曼 在天下東西 初不相往來 久而後遇與之耦 其子孫 分爲五色族 曰黃白玄赤藍 邃初之民 衣草食木 巢居穴處 良善無僞 鶉然自在 世遠年久 産育繁 遂乃各據一隅 小爲鄕族 大成部族 黃居大荒原 白居沙漠間 玄居黑水濱 赤居大瀛岸 藍居諸島中

五族 惟黃大 支有日 在蓋馬南者爲陽族 東者爲于族 在栗末北者爲方族 西者

爲畎族 九民居異俗 人異業 或斥荒主種樹 或在原野主牧畜 或逐水草主漁獵

那般死爲三神 在上而治天上 在下而治天下 故人物同出三神 以三神 爲一源

之祖 大始 換海連陸 時無船舶 而人自往來 歸命三神 採食掬飲 熙熙然含飽而

已 適以洪水泛濫 陷溺莫救 時 有神人桓仁 率九部之祖 越嶺渡水而 歷險難苦

始得達 太白之北 是爲 桓國之祖

古記 曰北曰桓國 是爲九桓之一 而其地 東至海 北至黑水之 東北二萬里 西至

朔漠 及三危之界 九桓之中 桓因最大 子孫繁衍 十月 國中大會 歌舞祭天 耀武

光文 爲天下式

桓國之末 天帝智爲利立 夢有三神 顯靈于前 曰下視太白三危 可以弘益人間

父知子意 君察民心 宜擇賢遣往 貪求人世而理之 於是 天帝遣庶子雄 降居于

太白山下 檀木林 雄將風伯雨師雲師 率徒三千 儀仗盛陳 鼓吹入國 望之若天

神下降也 乃命各厥職 牛加主穀 馬加主命 狗加主刑 豬加主病 羊加主善惡 凡

主人間 三百六十餘事 在世理化 號爲神市 時熊女君 聞雄有神德 乃率衆往見

曰 願賜一穴窟 爲神戒之盟 雄乃許之 使之奠接 生子有産 虎族不能悛 放之四

海 桓族之興始此

太皥者 太虞桓雄之子也 女媧者 太皥之妹也 俱有神德 太皥夢三神 降靈于身

萬理洞徹 乃往三神山祭天 得掛圖於天河 其卦劃三絕三連 妙合三極 變化无

窮 女媧 鍊土造像而 注之魂 七日成焉 皆用於戰 不敢近

蚩尤天皇 神勇冠絕 見神農之衰 遂抱雄圖 乃曰 天上旣有一太陽 地上皆無一

人王乎 朕當 繼三神上帝 而爲天下主乎 內以修德 外以興武 屢起天兵於西 進

據淮垈之間 乃軒轅之立也 直赴 涿鹿之野 擒黃帝而神之 命紫府先生 敎黃帝

歸義 黃帝之所受者 乃三皇內文 至于秦漢之世 皆以十月祭蚩尤 以其爲受命

之者 亦可知也

三韓統國 檀君王儉 若曰 天範惟一 不二厥門 爾惟純誠一 爾心乃朝天

天範恒一 人心惟同 推己秉心 以及人心 人心惟化 亦合天範 乃用御于萬邦

爾生由親 親降自天 惟敬爾親 乃克敬天 以及于邦國 是乃忠孝 爾克體是道 天有崩 必先脫免

飛禽有雙 弊履有對 爾男女以和 母怨母妬母淫

爾嚼十指 痛無大小 爾相愛母胥讒 互佑無相殘 家國以興

爾觀于牛馬 猶分厥芻 爾互讓母胥奪 共作母相盜 家國以殷

爾觀于虎 彊暴不靈 乃作孽 爾母桀驁以戕性母傷人 恒遵天範 克愛物 爾扶傾母陵弱 濟恤母侮卑 爾有如越厥則 永不得神佑 身家以殞

爾如有衝火于禾田 禾稼將殄滅 神人以怒 爾雖厚包 厥香必漏 爾敬持彝性 母懷慝 母隱惡 母藏禍 心克敬于天 親于民 爾乃福祿无窮 爾五加衆 其欽哉

昔我始祖 高朱蒙聖帝 出自北夫余 自言天帝子 承日光而生 遂以解爲姓 生而神勇 骨表英偉 年甫七歲 自作弓矢 百發百中 自是天下 所向無敵 時 國人以朱蒙不利於國 欲殺之 於是 乃與烏伊摩離陜父 爲德友 行至 毛屯谷 復遇三人 是爲再思武骨墨居 乃告於衆曰 朕承景命 欲啓元其而 得此三賢 豈非天賜乎 遂血牛豕羊而 祭三神 告曰

桓桓上尊 照臨九桓 畇畇闢荒 我土我穀 惟我辰韓 既殷且富 七人同德 誓復弘願 斥逐寇掠 完我旧疆 去彼宿病 解我積寃 飢饉兵亂 一幷掃盡 引道愛民 三韓同治 自西而東 自北而南 幼必從侄 老有所倧 以歌以舞 且醉且飽 九桓一土 齊登壽域 今朕寡德 甚勤而時 叩頭薦供 神嗜飮食 以利我征 俾光我功 佑我國家 壽我人民

於是 七人 歃血以盟曰 七人同德 可以多勿興邦 揆其能而各任其事

與之俱至卒本川 時 北夫余高無胥 知爲非常人 以女妻之 王卽位二年 王崩 無嗣 以國人 議而入承大統 盖東明之創 其緒業於前 朱蒙之承其餘波於後者也 仍國號曰 高句麗 言天帝大日 高大光輝於世界之中也 松壤以其國來降 以其地爲多勿都 封松壤爲多勿侯 立多勿五戒 曰 事親以孝 事君以忠 交友以信 臨戰無退 殺生有擇

檀君高朱蒙 詔曰 一神 造萬人一像 均賦三眞 於是 人其代天以而能立於世也

況吾國之先 出自北夫余 爲天帝之子乎 哲人 虛靜戒律永絶邪氣 其心神安泰
自與衆人事事得宜 用兵所以緩侵伐也 行刑所以其無罪惡也 故 虛極靜生 靜
極知滿 知滿德隆也 故 虛以聽敎 靜以潔矩 知以理物 德以濟人 此乃神市開物
敎化 爲天神通性 爲衆生立法 爲先王完功 爲天下萬世成智生雙修之化也

克再思 制進 三一神誥 讀法曰 我言衆 必讀神誥 先擇淨室 壁揭原理圖 盥漱潔
身 整衣冠 斷葷穢 燒栢檀香 斂膝跪坐 黙禱于一神 立大信誓 絶諸邪想 持三百
六十六顆 大檀珠 一心讀之 正文 三百六十六言之原理 徹上徹下 與珠 合作一
貫 至三萬回 灾厄漸消 七萬回 疾疫不侵 十萬回 刃兵可避 三十萬回 禽獸馴伏
七十萬回 人鬼敬畏 一百萬回 靈哲指導 三百六十萬回 換 三百六十六骨 湊 三
百六十六穴 會 三百六十六度 離苦就樂 其妙 不可殫記 若 口頌心違 起邪見 有
褻慢 雖 億萬斯讀 如入海捕虎 了沒成功 反爲 壽祿滅削 禍害立至 轉墮 苦暗世
界 杳無 出頭之期 可不懼哉 勗之勉之

聖地太白山下 舊有四仙閣 四仙曰 發貴理 紫府仙人 大連 乙普勒也 皆祭天修
鍊 主名山勝地 尙志高大 傲視功利 參佺爲戒 健名相榮 專以弘道益衆 爲務 有
急則應召 無事則還山 山者 古人徵實求是之道觀也 盖道以靜修 物以群成 就
山自是求我 善群 亦是成眞 此山人之義(大連一作 妙佺郞).

가. 해독불능 부분을 표시한 광개토경평안호태황비 전문

惟昔始祖鄒牟王之創基也出自北夫餘天帝之子母河伯女郎剖卵降世生而有
聖□□□□□□命駕巡幸南下路由夫餘奄利大水王臨津言曰我是皇天之子母
河伯女郎鄒牟王爲我連葭浮龜應聲卽爲連葭浮龜然後造渡於沸流谷忽本西
城山上而建都焉不樂世位天遣黃龍來下迎王王於忽本東岡黃龍首昇天顧命
世子儒留王以道興治大朱留王紹承基業傳至十七世孫國岡上廣開土境平安
好太王二九登祚號爲永樂太王恩澤洽于皇天威武拂被四海掃除仇恥庶寧其
業國富民殷五穀豊熟昊天不弔三十有九宴駕棄國以甲寅年九月二十九日乙
酉遷就山陵於是立碑銘記勳績以示後世焉其辭曰永樂五年歲在乙未王以碑
麗不息□□躬率住討□富山負山至鹽水上破其丘部洛六七百營牛馬群羊不可
稱數於是旋駕因過□平道東來□城力城北豊五□□遊觀土境田獵而還百殘新
羅舊是屬民由來朝貢而倭以辛卯年來渡海破百殘□□新羅以爲臣民以六年丙
申王躬率水軍討伐殘國軍□□首攻取壹八城曰模盧城各模盧城幹弓利城□□
城關彌城牟盧城彌沙城□舍□城阿旦城古利城□利城雜珍城奧利城勾牟城古
模耶羅城頁□□□□城□而耶羅城□城□□城□□□豆奴城沸□□利城彌鄒城
也利城太山韓城掃加城敦拔城□□□□婁賣城散那城那旦城細城牟婁城□婁
城蘇灰城燕婁城析支利城巖門□城林城□□□□□□□利城就鄒城□拔城古牟
婁城閏奴城貫奴城□穰城□□城□□盧城仇天城□□□□□其國城賊不服氣敢
土百戰王威赫怒渡阿利水遣刺迫城橫□□□□使國城百殘王困逼獻出男女生
白一千人細布□□歸王自誓從今以後永爲奴客太王恩赦□迷之御錄其後順之
誠於是□五十八城村七百將殘王弟幷大臣十人旋師還都八年戊戌教遣偏師觀
息愼土谷因便抄得莫□羅城加太羅谷男女三百餘人自此以來朝貢□事九年己

亥百殘違誓與倭和通王巡下平穰而新羅遣使白王云倭人滿其國境潰破城池
以奴客爲民歸王請命太王□□稱其忠□□遣使還吉以□□十年庚子敎遣步騎
五萬往救新羅從男居城至新羅城倭滿其中官兵方至倭賊退□□□□□□□□
來背急追至任那加羅從拔城城卽歸服安羅人戍兵拔新羅城□城倭寇大潰城六
□□□□□□□□□□□□□□□□盡吏能來安羅人戍兵滿□□□□其□□
□□□□□□□□□□□□□□□□□□□□□□□□□□□□□□□□
□□□□□□□□以□□安羅人戍兵昔新羅寐錦未有身來朝□□□□□□
開土境好太□□新羅寐錦□□僕勾□□□□朝貢十四年甲辰而倭不軌侵入帶
方界□□□□□石城□連船□□□□□□□□□平穰□□□□相遇王幢要截蕩刺
倭寇潰敗斬煞無數十七年丁未敎遣出騎五萬□□□□□□□□□師□□合戰斬
煞湯盡所獲鎧鉀一萬餘領軍資器械不可稱數還破沙□城婁城□□□□□□
□□□□□卄年庚戌東夫餘舊是鄒牟王屬民中叛不貢王躬率往討軍到餘城而
餘城國□□□□□□□□□王恩普處於是旋還叉其慕化隨官來者味仇婁鴨盧
卑斯麻鴨盧椯社婁鴨盧肅斯舍鴨盧□□□鴨盧凡所攻破城六十四村一千四百
守墓人烟戶賣句余民國烟二看烟三東海賈國烟三看烟五敦城□四家盡爲看烟
□城一家爲看烟碑利城二家爲國烟平穰城民國烟一看烟十□連二家爲看烟□
婁人國烟一看烟卅三□谷二家爲看烟□城二家爲看烟安夫連卄二家爲看烟□
谷三家爲看烟新城三家爲看烟南蘇城一家爲國烟新來韓穢沙水城國烟一看
烟一牟婁城二家爲看烟豆比鴨岑韓五家爲看烟句牟客頭二家爲看烟求底韓
一家爲看烟舍蔦城韓穢國烟三看烟卄一古□耶羅城一家爲看烟炅古城國烟一
看烟三客賢韓一家爲看烟阿旦城雜珍城合十家爲看烟巴奴城韓九家爲看烟
臼模盧城四家爲看烟各模盧城二家爲看烟牟水城三家爲看烟幹弓利城國烟
一看烟三彌鄒城國烟一看烟□□□□七也利城三家爲看烟豆奴城國烟一看烟
二奧利城國烟二看烟八須鄒城國烟二看烟五百殘南居韓國烟一看烟五大山
韓城六家爲看烟農賣城國烟一看烟一閏奴城國烟二看烟卄二古牟婁城國烟
二看烟八瑑城國烟一看烟八味城六家爲看烟就咨城五家爲看烟三穰城卄四

家爲看烟散那城一家爲國烟那旦城一家爲看烟句牟城一家爲看烟於利城八
家爲看烟比利城三家爲看烟細城三家爲看烟國岡上廣開土境好太王存時敎
言祖王先王但敎取遠近舊民守墓酒掃吾慮舊民轉當嬴劣若吾萬年之後安守
墓者但取吾躬率所略來韓穢令備酒掃言敎如此是以如敎令取韓穢二百卄家
慮其不知法則復取舊民一百十家合新舊守墓戶國烟卅看烟三百都合三百卅
家自上祖先王以來墓上不安石碑致使守墓人烟戶羌錯惟國岡上廣開土境好
太王盡爲祖先王墓上立碑銘其烟戶不合羌錯又制守墓人自今以後不得更相
轉賣雖有富足之者亦不得擅買其有違令賣者刑之買人制令守墓之〈1,802자〉

나. 해독불능 부분을 보완한 광개토경평안호태황비 전문

惟昔始祖鄒牟王之創基也出自北夫餘天帝之子母河伯女郎剖卵降世生而有
聖德後日王奉母命駕巡東南下路由夫餘奄利大水王臨津言曰我是皇天之子
母河伯女郎鄒牟王爲我連䵟浮龜應聲卽爲連䵟浮龜然後造渡於沸流谷忽本
西城山上而建都焉不樂世位天遣黃龍來下迎王王於忽本東岡黃龍首昇天顧
命世子儒留王以道興治大朱留王紹承基業傳至十七世孫國岡上廣開土境平
安好太王二九登祚號爲永樂太王恩澤洽于皇天威武拂被四海掃除仇恥庶寧
其業國富民殷五穀豊熟昊天不弔卅有九宴駕棄國以甲寅年九月卄九日乙酉
遷就山陵於是立碑銘記勳績以示後世焉其辭曰永樂五年歲在乙未王以碑麗
不貢整師躬率住討過富山負山至鹽水上破其丘部洛六七百營牛馬群羊不可
稱數於是旋駕因過㝵平道東來額多力城北豊五穀猶遊觀土境田獵而還百殘
新羅舊是屬民由來朝貢而倭以辛卯年來渡海破百殘聯侵新羅以爲臣民以六
年丙申王躬率水軍討伐殘國軍有屈首攻取壹八城臼模盧城各模盧城幹弓利
城上利城閣彌城牟盧城彌沙城古舍蔦城阿旦城古利城困利城雜珍城奧利城
勾牟城古模耶羅城頁山城味城家古而耶羅城楊城就谷城豆奴城沙奴城沸乃
城利城彌鄒城也利城太山韓城掃加城敦拔城輔呂城久婁賣城散那城那旦城
細城牟婁城于婁城蘇灰城燕婁城析支利城巖門至城林城盛婁城南蘇城婁利

城就鄒城居拔城古牟婁城閏奴城貫奴城彡穰城交城鴨本城盧城仇天城禹山
城文城其國城賊不服氣敢出百戰王威赫怒渡阿利水遣刺迫城橫截直突掠使
國城百殘王困逼獻出男女生口一千人細布千匹歸王自誓從今以後永爲奴客
太王恩赦前迷之愆錄其後順之誠於是取五十八城村七百將殘王弟幷大臣十
人旋師還都八年戊戌教遣偏師觀息愼土谷因便抄得莫新羅城加太羅谷男女
三百餘人自此以來朝貢論事九年己亥百殘違誓與倭和通王巡下平穰而新羅
遣使白王云倭人滿其國境潰破城池以奴客爲民歸王請命太王恩後稱其忠能
特遣使還告以兵許十年庚子教遣步騎五萬往救新羅從男居城至新羅城倭滿
其中官兵方至倭賊退官兵踵躡而越夾攻來背急追至任那加羅從拔城城卽歸
服安羅人戍兵拔新羅城都城倭寇大潰城大被我攻盡滅無遺倭遂以國降死者
十之八九盡臣隨來安羅人戍兵滿假改慮倭欲敢戰與喙己呑卓淳諸賊謀更擧
官兵制先直取卓淳而左軍由淡路島到但馬右軍經難波至武藏王直渡竺斯諸
賊悉自潰分爲郡國安羅人戍兵昔新羅寐錦未有身來朝貢今始朝謁廣開土境
好太王能以德濟化咸來臣僕勾茶川亦來朝貢十四年甲辰而倭不軌侵入帶方
界焚掠邊民自石城島連船蔽海大至王聞之怒遣平穰軍直欲戰相遇王幢要截
蕩刺倭寇潰敗斬煞無數十七年丁未教遣步騎五萬往討宿軍城以太牢薦師祭
遂合戰斬煞湯盡所獲鎧鉀一萬餘領軍資器械不可稱數還破沙溝城婁城爲郡
縣降禿髮因襲取涼州城廿年庚戌東夫餘舊是鄒牟王屬民中叛不貢王躬率往
討軍到餘城而餘城國騈無備遭難遂降伏貢獻王恩普處於是旋還又其慕化隨
官來者味仇婁鴨盧卑斯麻鴨盧椯社婁鴨盧肅斯舍鴨盧𫟉斯婁鴨盧凡所攻破
城六十四村一千四百守墓人烟戶賣句余民國烟二看烟三東海賈國烟三看烟
五敦城民四家盡爲看烟于城一家爲看烟碑利城二家爲國烟平穰城民國烟一
看烟十島連二家爲看烟住婁人國烟一看烟卅三梁谷二家爲看烟梁城二家爲
看烟安夫連廿二家爲看烟改谷三家爲看烟新城三家爲看烟南蘇城一家爲國
烟新來韓穢沙水城國烟一看烟一　舍蔦城韓穢國烟三看烟廿一古家耶羅城一
家爲看烟炅古城國烟一看烟三客賢韓一家　爲看烟阿旦城雜珍城合十家爲看

烟巴奴城韓九家爲看烟臼模盧城四家爲看烟各模盧城二家爲看烟牟水城三家爲看烟幹弓利城國烟一看烟三彌鄒城國烟一看烟一勾茶川寇莫韓合九家爲看烟豆奴城國烟一看烟二奧利城國烟二看烟八須鄒城國烟二看烟五百殘南居韓國烟一看烟五大山韓城六家爲看烟農賣城國烟一看烟七閏奴城國烟二看烟卅二　古牟婁城國烟二看烟八涿城國烟一看烟八味城六家爲看烟就咨城五家爲看烟彡穰城卅四家爲看烟散那城一家爲國烟那旦城一家爲看烟句牟城一家爲看烟於利城八家爲看烟　比利城三家爲看烟細城三家爲看烟國岡上廣開土境好太王存時教言祖王先王但教取遠近舊民守墓洒掃吾慮舊民轉當羸劣若吾萬年之後安守墓者但取吾躬率取略來韓穢令備洒掃言教如此是以如教令取韓穢二百卅家慮其不知法則復取舊民一百十家合新舊守墓戶國烟卅看烟三百都合三百卅家自上祖先王以來墓上不安石碑致使守墓人烟戶差錯惟國岡上廣開土境好太王盡爲祖先王墓上立碑銘其烟戶不令差錯又制守墓人自今以後不得更相轉賣雖有富足之者亦不得擅買其有違令賣者刑之買人制令守墓之〈1,802자〉]

31. 을지문덕(乙支文德)의 도덕론(道德論)

道以事天神 德以庇民邦 吾知其有辭天下也 受三神一軆氣 分得性命精 自在光明 昂然不動 有時而感發 而道乃通 是乃所以 体行三物 德慧力 化成三家 心氣身 悅滿三途 感息觸 要在 日求念標 在世理化 靜修境途 弘益人間也 桓國日五訓 神市日 五事 朝鮮日 五行六政 夫餘日 九誓 三韓通俗亦有 五戒 日 孝忠信勇仁 皆 教民以正平而 纖群之意存焉

32. 삼일신고 주해(三一神誥註解) 〈大震國 任雅相〉

三一神誥

세 참 하나 밝음 말씀

[注] 三一三眞歸一也神明誥文言

三一은 세 가지 참이 하나로 돌아감이다. 神은 밝음이요, 誥는 글로된 말씀이다.

天訓

帝曰元輔彭虞蒼蒼非天玄玄非天天無形質無端倪無上下四方虛虛空空無不
在無不容

하늘 가르침

임금(단제)께서 가로되, 원보 팽우야, 푸른 것이 하늘이 아니며 가마득한 것이 하늘이
아니다. 하늘은 겉과 속도 없고 시작과 끝도 없고 위 아래 사방도 없으며 텅텅비어서 존
재하지 아니하는 것이 없으며 담고 있지 아니하는 것이 없느니라.

[注] 帝檀帝一神化降也元輔官名彭虞人名受帝勅奠山川爲土地祗蒼蒼深黑色
玄玄黑而有黃色地外氣也端倪始際也上下四方以自身觀有以天觀無也人物
孔微雖視力不到處盡在也大而世界小而纖塵盡容也

帝는 檀帝(단군을 말함. 단군, 천황(왕), 천제라고도 함.)로서 一神이 化하여 내려옴
이니라. 元輔(맏도비-〈맏 돕이)는 벼슬이름이며, 팽우는 사람이름이다. 임금의 명을
받아 산천을 정리하여 토지를 삼았다. 蒼蒼은 짙은 검은색이며 玄玄은 검고 누른색이
있는 땅(지구)밖의 氣이다. 端倪는 시작과 끝이며, 상하사방은 자기 스스로 보면 있으
나 하늘을 기준으로 해서 보면 없는 것이다. 사람과 생물에게 작은 구멍이 있고 비록
시력으로 닿지 아니하는 곳에도 존재하지 아니하는 곳이 없다. 큰 것으로는 세계, 작은

것으로는 섬세한 것과 먼지에 이르기까지 모습을 띠지 아니하는 것이 없다.

神訓
神在無上一位有大德大慧大力生天主無數世界造桑桑物纖塵無漏昭昭靈靈
不敢名量聲氣願禱絶親見自性求子降在爾腦

한얼(하늘님) 가르침

神은 위가 없는 첫 자리에 계시며 큰 덕과 큰 지혜와 큰 힘이 있어 하늘을 만들고 무수한 세계를 맡으며 많고 많은 만물을 만들고 섬세한 것과 먼지까지 빠지지 않고 만들어 변화시키는 것을 감히 이름 붙이고 잴 수도 없다. 神의 소리를 들으려 하고 신의 氣를 보려 하여 기도하면 절친히 보이시나니 스스로의 본성에서 신의 씨를 찾으라. 이미 너희 머릿골에 내려와 있나니.

[注] 神一神無上一位無二尊所也大德生養諸命大慧裁成諸體大力斡旋諸機生造主宰也無數世界群星辰也桑桑衆多貌漏遺失昭昭靈靈造化也聲氣願禱欲聞神之聲見神之氣而禱也自性自己眞性求覓也腦頭髓一名神府此身未出胎前神已在腦衆人妄求於外也

神은 一神이며, 無上一位는 두 개의 존귀함이 없다는 바다. 大德은 모든 생명을 낳고 기르며, 大慧는 모든 몸을 만들고 이루며, 大力은 모든 틀을 알선함이며, 生은 만드는것이고, 主는 다스림이다. 無數世界는 별들의 무리로 뽕나무 무리처럼 많은 모습이고, 漏는 새는 것이며, 昭昭靈靈은 만들어져 변화함이다. 聲氣願禱는 神의 소리를 들으려하고, 신의 기운을 보고자하여 기도함이다. 自性은 자기의 참 본성이며, 求는 찾음이다. 腦는 머리의 골수인데, 일명 神府(신의 집)이다. 이는 몸이 아직 태(胎)로부터 나오기 전에 神이 이미 뇌에 존재함이다. 무리(중생들)들은 망령되이 밖에서 구한다.

天宮訓

天神國有天宮階萬善門萬德一神攸居群靈諸哲護侍大吉祥大光明處惟性通功完者朝永得快樂

하늘궁전 가르침

하늘은 神의 나라인데, 천궁(하늘 궁전)이 있어 올라가는 계단은 만가지 착한 것으로 되어 있고 들어가는 문은 만가지 덕으로 되어 있으며, 한얼님이 유유히 머물어 계시고 여러 神將들과 여러 神官들이 보호하여 모시는 크게 길하고 상스럽고 크게 빛나고 밝은 곳이다. 오직 참 본성을 통하여 공을 완수한 자만이 하늘님을 뵙고 하늘과 더불어 더 없는 즐거움을 누릴 수 있다.

[注] 天宮非獨在於天上地亦有之太白山南北宗爲神國山上神降處爲天宮人亦有之身爲神國腦爲天宮三天宮一也階陞也門入也群靈神將諸哲神官也性通通眞性也功完持三百六十六善行積三百六十六陰德做三百六十六好事也朝觀一神也永得快樂無等樂與天同享也

하늘 궁전(천궁)은 단지 하늘에만 있는 것이 아니다. 땅에도 역시 있다. 태백산(백두산) 남북의 마루가 신국(신의 나라. 하늘님 나라)이 되고 산 꼭대기는 신이 내려오는 곳으로 천궁이 된다. 사람에게도 역시 있다. 몸은 신국이 되고 머릿골은 천궁이 된다. 세 개의 천궁이 하나이다. 階는 오르는 것이고, 門은 들어가는 것이다. 群靈은 神將이고 諸哲은 神官이다. 性通이란 참 본성을 通하는 것이다. 功完이란 366가지의 착한 행동을 하고 366가지의 음덕을 쌓고 366가지의 좋은 일을 하는 것이다. 朝란 일신(하늘님)을 보는 것이다. 永得快樂이란 하늘과 더불어 더 없는 즐거움을 누리는 것이다.

世界訓

爾觀森列星辰數無盡大小明暗苦樂不同一神造群世界神勅日世界使者秩七百世界爾地自大一丸世界中火震䃯海幻陸遷乃成見象神呵氣包低煦日色熱行灣化游栽物繁殖

세계 가르침

너는 늘어 서 있는 별들을 보아라. 그 갯수는 다함이 없고 크고 작고 밝고 어둡고 괴롭고 즐거움이 똑 같지 아니하다. 一神이 무리를 이룬 세계를 만들었다. 神이 해의 세계를 맡은 使者에게 칠백세계를 맡게 하였다. 너의 땅(지구)이 스스로 크다 하나 한 알의 세계에 불과하다. 속 불이 터지고 끓고 하여 바다가 생기고 육지가 만들어져 이에 지금의 모습을 갖추었다. 신이 氣를 불어 넣고 밀을 싸서 햇볕을 쪼이고 하여 색깔을 띠고 열을 띠게 되어 걷고 기는 것과 나는 것과 변하는 것과 헤엄치는 것과 심어져 자라는 것 등 만물이 번식하게 되었다.

[注] 森은 나무가 많은 모습이고 列은 펴다이며, 數는 헤아리다이고, 無盡은 능히 계산하지 못함이다. 群星辰은 모두 一神이 만든 바로서, 세계를 땅과 비교하면 큰 것, 작은 것, 밝은 것, 어두운 것, 괴로움을 겪는 것, 즐거움을 누리는 것이 있다. 日世界使者가 一神의 명령을 받아 태양의 神官을 맡아 다스린다. 秩은 차의 축이다. 七百世界는 무리를 이룬 별들 중에서 칠백개가 해에 속하여 차의 축처럼 모이는 바와 같다. 自大란 衆人(무리)들이 땅이 크다고 하여 상대할 것이 없다고 함인데, 역시 해에 속하는 하나의 세계에 불과하다. 一丸이란 둥글고 돌아가는 물건으로서 모든 해와 비교하면 즉 작은 알맹이와 같은 것이다. 中火震砑이란 땅속의 불이 땅 표면의 물과 서로 치고 박고 하여 바다가 솟으면 육지가 되고 육지가 꺼지면 바다가 되어 바뀌고 변함이 하나 같지 않다. 見象이란 현재 보여주는 바의 모양이다. 呵는 숨을 내뿜음이고 包는 싸는 것이며, 煦는 찌는 것이다. 땅은 사람과 物과 더불어 氣와 色과 熱이 없어 처음에는 살아 움직이지 못했는데, 일신이 숨을 내뿜고 싸서 日世界使者로 하여금 땅을 데우게 하였다. 行은 다리와 배로 움직이는 종류이고, 灣는 날개있는 종류이고, 化는 쇠, 돌, 물, 불, 흙의 부류이고, 游는 물고기 종류이며, 栽는 풀과 나무 종류이다. 繁殖이란 많이 나 사는 것이다.

眞理訓
人物同受三眞曰性命精人全之物偏之眞性無善惡上哲通眞命無淸濁中哲知
眞精無厚薄下哲保返眞一神

참 이치 가르침
사람과 만물은 똑 같이 세가지 참을 받는데 가로되, 性 命 精이다. 사람은 골고루 온전
히 받고 다른 物은 치우치게 받는다. 참 본성은 선과 악이 없고 上哲이 통달하며, 참 목
숨은 맑음과 탁함이 없고 中哲이 알며, 참 精은 두터움과 엷음이 없고 下哲이 보존한
다. 참을 돌이키면 一神이다.

惟衆迷地三妄着根曰心氣身心依性有善惡善福惡禍氣依命有淸濁淸壽濁殀
身依精有厚薄厚貴薄賤

오직 보통사람만이 애당초 태아일 때 세 가지 망령됨이 뿌리를 내리는데 가로되, 마음
(心) 기운(氣) 몸(身)이다. 마음은 본성에 따라서 선함과 악함이 있다. 선하면 복되고
악하면 화가 미친다. 기운은 목숨에 따라서 맑음과 탁함이 있다. 맑으면 오래 살고 탁
하면 빨리 죽는다. 몸은 정력에 따라서 두터움과 엷음이 있다. 두터우면 귀하고 엷으면
천하다.

眞妄對作三途曰感息觸轉成十八境感喜懼哀怒貪厭息芬란寒熱震濕觸聲色臭
味淫抵

참과 망령됨은 서로 섞이어 세 가지 길을 만드는데 가로되, 느낌(感) 숨(息) 닿음(觸)
이다. 굴러서 18가지 경계가 이루어 진다. 感에는 기쁨, 두려움, 슬픔, 성냄, 욕심냄, 싫
어함이 있고, 息에는 향기, 썩은 기운, 찬 기운, 더운 기운, 電氣, 습기가 있고, 觸에는
소리, 색깔, 냄새, 맛, 음란함, 닿임이 있다.

衆善惡清濁厚薄相雜從境途任走墮生長消病歿苦哲止感調息禁觸一意化行
返妄卽眞發大神機性通功完是

보통사람은 선악과 청탁과 후박이 서로 섞이어 경계의 길로 나아가 마음대로 달아나
버려서 나고 크고 작아지고 병들고 죽고 하는 고통에 떨어진다. 哲(밝은 이)은 느낌을
그치고 숨을 고르게 하고 닿음을 삼가 하여 한 뜻으로 행한다. 망령됨을 돌이키면 즉
참이다. 大神機를 펴 본성을 通하고 공을 완수함이 바로 이것이다.

[注] 受는 얻음이다. 眞은 오직 하나만이고 둘이 아니다. 性은 ○이고 命은 □이며 精
은 △이다. (强相其妙也 ─글자가 누락된 것 같음). 全은 갖추어 가진 것이고, 偏은 고
르지 못한 것이다. 哲은 神의 아래이고 聖의 위이다. 上哲은 神과 더불어 合德하여
영원을 통하고 막힘이 없으며, 中哲은 신과 더불어 合慧하여 영원을 알고 어리석음이
없으며, 下哲은 신과 더불어 合力하여 영원을 보존하고 없어지지 않는다. 返眞이란
세 가지가 하나로 돌아감이다. 하나는 神으로 돌아간다.

衆은 보통 사람이며, 迷地는 싹과 태아의 처음이다. 妄이란 나누어져 하나가 아님이
다. 着根이란 뿌리를 둠이다. 心(마음)은 길흉의 집이고, 氣는 生死의 門이며, 身(몸)
은 뜻과 욕심의 그릇이다. 依는 따라 붙음이고, 福은 백가지의 순조로움이며, 禍는 백
가지의 재앙이다. 壽는 오래(사는 것)이고 殀는 짧게 (사는 것)이다. 貴는 尊(존귀함)
이며 賤은 卑(낮음)이다.

對는 間(섞일 간)과 같고, 作은 만듦이며 途는 길이다. 感은 주(主)된 것을 알아 구별
하는 것이고, 息은 客(손님)이 되는 것을 나가고 들어오게 함이며, 촉은 奴(노비, 종)
를 전달하여 보내는 것이다. 境은 경계이다. 喜는 기뻐함이며, 懼는 두려워함이다. 哀
는 슬퍼함이다. 怒는 성냄이다. 貪은 좋은 것을 찾음이며, 厭은 괴로운 것을 피함이다.
芬은 풀과 나무의 氣이고, 란은 炭과 주검(시체)의 氣이며, 寒은 물의 氣이고, 熱은
불의 氣이다. 震은 전기(電氣)이고 濕은 비(雨)의 氣이다. 聲은 귀로 듣는 것이며, 色
은 눈이 접하는 것이며, 臭는 냄새를 맡는 것이고, 味는 입으로 맛보는 것이다. 淫은 교
접하는 것이며, 抵는 살과 속옷이 닿는 것이다.

雜은 순수함이 온전치 못한 것이고, 從은 나아감이며, 任走는 보통사람의 첫 번째 장기(長技)이다. 病은 질병으로 아픔이며, 歿은 흩어져 끝남이다. 이 땅은 다섯가지의 고통의 세계이다. 止感은 마음이 평안하게 함이며, 調息은 氣가 고르게 하는 것이며, 禁觸은 몸이 편안하게 함이다. 그치고(지감) 고르게 하고(조식) 삼가는(금촉) 세 가지 방법은 망령됨과 괴로움을 막는 지팡이이다. 一意는 만가지로 일어나는 사악한 생각을 끊고 뜻을 하나로 바로하여 만가지 좌절에도 물러서지 않고, 만가지 걱정에도 동요치 않으며, 하나의 모임으로 만드는 것이다. 化行은 哲이 되기 위한 둘도 없는 보배스런 비결이다. 참(眞)은 본래 감소함이 없고 원만하고 스스로 존재한다. 망령됨을 돌이키면 즉 참됨(眞)이다. 大神機는 가로되, 신의 틀(神機)을 본다는 것은 가깝게는 자기와 다른 사람의 내장과 털의 뿌리와, 멀게는 하늘 위와 무리를 이룬 세계에 이르기까지, 땅속과 물속의 모든 뜻과 모습을 똑똑히 보는 것이고, 가로되 神機를 듣는다는 것은 하늘 위 땅 위와 무리를 이룬 세계에 이르기까지 사람과 만물의 말과 소리를 모두 들음이며, 가로되 神機를 안다는 것은 하늘 위 하늘 아래와 몸 앞 몸 뒤와 과거와 미래의 일과, 사람과 만물의 마음 속에 숨겨져 있는 일과, 신의 비밀과 마귀가 숨긴 것을 남김 없이 모두 안다는 것이다. 가로되 神機를 행한다는 것은 귀 눈 입 코의 功으로 능히 서로 사용하여 다함이 없는 무수한 무리의 세계를 電氣가 갔다가 돌아옴과 같이 공중과 땅속과 쇠 돌 물 불에 이르기까지 장애가 없이 통하여 몸을 나누어 행하여 그 변화가 뜻에 따라 행해지는 것이다. 昰란 영원히 다섯가지의 고통의 세계를 떠나 천궁(하늘 궁전)에 들어가 하늘의 즐거움을 누림이다.

33. 삼일신고 봉장기(三一神誥奉藏記) 〈238자〉

謹按 古朝鮮記 曰 三百六十六甲子 帝握 天符三印 將 雲師雨師風伯雷公 降于
太白山檀木下 開拓山河 生育人物 至 再週甲子之 戊辰歲上月三日 御喆宮誕
訓 神誥時 彭虞率 三千團部衆 俯首受之 高矢採 靑石於東海濱 神誌劃 其石而
傳之 後朝鮮記 箕子聘 一士山人 王受兢 以殷文 書神誥于 檀木板而 讀之然則
神誥原有 石檀二本 而世傳 石本藏於 餘國庫 檀本則爲 衛氏之有 竝失於兵燹
此本乃 高句麗之 所譯傳而 我高考之 讀而贊之者也 小子自 受誥以來 恒恐失
墮 又感石檀 二本之爲 世波所盪 玆奉 靈寶閣 御贊珍本 移藏于 太白山 報本壇
石室中 以爲 不朽之資云爾 大興三年三月十五日 藏

간지 연대 대조표

6癸	桓檀	서기전	서기	현
癸亥	70378, 25858, 24418, 7198, 3898	3538,3298,3238,2698,2638,2578,25 18,2458,2398,2338,2278,2218,2158 ,2098,2038,1978,1918,1858,1798,1 738,1678,1618,1558,1498,1438,137 8,1318,1258,1198,1138,1078,1018, 958,898,838,778,718,658,598,538,4 78,418,358,298,238,178,118,58,	3,63,123,183,243,303,363,423, 483,543,603,663,723,783,843,9 03,963,1023,1083,1143,1203.1 263.1323.1383.1443.1503.1563 .1623.1683.1743.1803.1863.19 23	1983
甲子	70377, 25857, 24417, 7197, 3897	3537,3297,3237,2697,2637,2577,25 17,2457,2397,2337,2277,2217,2157 ,2097,2037,1977,1917,1857,1797,1 737,1677,1617,1557,1497,1437,137 7,1317,1257,1197,1137,1077,1017, 957,897,837,777,717,657,597,537,4 77,417,357,297,237,177,117,57	4,64,124,184,244,304,364,424, 484,544,604,664,724,784,844,9 04,964,1024,1084,1144,1204,1 264,1324,1384,1444,1504,1564 ,1624,1684,1744,1804,1864,19 24	1984
乙丑	3896	3536,3296,3236,2696,2636,2576,25 16,2456,2396,2336,2276,2216,2156 ,2096,2036,1976,1916,1856,1796,1 736,1676,1616,1556,1496,1436,137 6,1316,1256,1196,1136,1076,1016, 956,896,836,776,716,656,596,536,4 76,416,356,296,236,176,116,56	5,65,125,185,245,305,365,425, 485,545,605,665,725,785,845,9 05,965,1025,1085,1145,1205,1 265,1325,1385,1445,1505,1565 ,1625,1685,1745,1805,1865,19 25	1985
丙寅	3895	3535,3295,3235,2695,2635,2575,25 15,2455,2395,2335,2275,2215,2155 ,2095,2035,1975,1915,1855,1795,1 735,1675,1615,1555,1495,1435,137 5,1315,1255,1195,1135,1075,1015, 955,895,835,775,715,655,595,535,4 75,415,355,295,235,175,115,55	6,66,126,186,246,306,366,426, 486,546,606,666,726,786,846,9 06,966,1026,1086,1146,1206,1 266,1326,1386,1446,1506,1566 ,1626,1686,1746,1806,1866,19 26	1986
丁卯	3894	3534,3294,3234,2694,2634,2574,25 14,2454,2394,2334,2274,2214,2154	7,67,127,187,247,307,367,427, 487,547,607,667,727,787,847,9	1987

6癸	桓檀	서기전	서기	현
		,2094,2034,1974,1914,1854,1794,1734,1674,1614,1554,1494,1434,1374,1314,1254,1194,1134,1074,1014,954,894,834,774,714,654,594,534,474,414,354,294,234,174,114,54	07,967,1027,1087,1147,1207,1267,1327,1387,1447,1507,1567,1627,1687,1747,1807,1867,1927	
戊辰	3893	3533,3293,3233,2693,2633,2573,2513,2453,2393,2333,2273,2213,2153,2093,2033,1973,1913,1853,1793,1733,1673,1613,1553,1493,1433,1373,1313,1253,1193,1133,1073,1013,953,893,833,773,713,653,593,533,473,413,353,293,233,173,113,53	8,68,128,188,248,308,368,428,488,548,608,668,728,788,848,908,968,1028,1088,1148,1208,1268,1328,1388,1448,1508,1568,1628,1688,1748,1808,1868,1928	1988
己巳	3892	3532,3292,3232,2692,2632,2572,2512,2452,2392,2332,2272,2212,2152,2092,2032,1972,1912,1852,1792,1732,1672,1612,1552,1492,1432,1372,1312,1252,1192,1132,1072,1012,952,892,832,772,712,652,592,532,472,412,352,292,232,172,112,52	9,69,129,189,249,309,369,429,489,549,609,669,729,789,849,909,969,1029,1089,1149,1209,1269,1329,1389,1449,1509,1569,1629,1689,1749,1809,1869,1929	1989
庚午	3891	3531,3291,3231,2691,2631,2571,2511,2451,2391,2331,2271,2211,2151,2091,2031,1971,1911,1851,1791,1731,1671,1611,1551,1491,1431,1371,1311,1251,1191,1131,1071,1011,951,891,831,771,711,651,591,531,471,411,351,291,231,171,111,51	10,70,130,190,250,310,370,430,490,550,610,670,730,790,850,910,970,1030,1090,1150,1210,1270,1330,1390,1450,1510,1570,1630,1690,1750,1810,1870,1930	1990
辛未	3890	3530,3290,3230,2690,2630,2570,2510,2450,2390,2330,2270,2210,2150,2090,2030,1970,1910,1850,1790,1730,1670,1610,1550,1490,1430,1370,1310,1250,1190,1130,1070,1010,950,890,830,770,710,650,590,530,470,410,350,290,230,170,110,50	11,71,131,191,251,311,371,431,491,551,611,671,731,791,851,911,971,1031,1091,1151,1211,1271,1331,1391,1451,1511,1571,1631,1691,1751,1811,1871,1931	1991
壬申	3889	3529,3289,3229,2689,2629,2569,2509,2449,2389,2329,2269,2209,2149,2089,2029,1969,1909,1849,1789,1729,1669,1608,1549,1489,1429,136	12,72,132,192,252,312,372,432,492,552,612,672,732,792,852,912,972,1032,1092,1152,1212,1272,1332,1392,1452,1512,157	1992

6癸	桓檀	서기전	서기	현
		9,1309,1249,1189,1129,1069,1009, 949,889,829,769,709,649,589,529,4 69,409,349,289,229,169,109,49	2,1632,1692,1752,1812,1872,1 932	
癸酉	3888	3528,3288,3228,2688,2628,2568,25 08,2448,2388,2328,2268,2208,2148 ,2088,2028,1968,1908,1848,1788,1 728,1668,1608,1548,1488,1428,136 8,1308,1248,1188,1128,1068,1008, 948,888,828,768,708,648,588,528,4 68,408,348,288,228,168,108,48	13,73,133,193,253,313,373,433 ,493,553,613,673,733,793,853, 913,973,1033,1093,1153,1213, 1273,1333,1393,1453,1513,157 3,1633,1693,1753,1813,1873,1 933	1993
甲戌	3887	3527,3287,3227,2687,2627,2567,25 07,2447,2387,2327,2267,2207,2147 ,2087,2027,1967,1907,1847,1787,1 727,1667,1607,1547,1487,1427,136 7,1307,1247,1187,1127,1067,1007, 947,887,827,767,707,647,587,527,4 67,407,347,287,227,167,107,47	14,74,134,194,254,314,370,434 ,494,554,614,674,734,794,854, 914,974,1034,1094,1154,1214, 1274,1334,1394,1454,1514,157 4,1634,1694,1754,1814,1874,1 934	1994
乙亥	3886	3526,3286,3226,2686,2626,2566,25 06,2446,2386,2326,2266,2206,2146 ,2086,2026,1966,1906,1846,1786,1 726,1666,1606,1546,1486,1426,136 6,1306,1246,1186,1126,1066,1006, 946,886,826,766,706,646,586,526,4 66,406,346,289,226,166,106,46	15,75,135,195,255,315,375,435 ,495,555,615,675,735,795,855, 915,975,1035,1095,1155,1215, 1275,1335,1395,1455,1515,157 5,1635,1695,1755,1815,1875,1 935	1995
丙子	3885	3525,3285,3225,2685,2625,2565,25 05,2445,2385,2325,2265,2205,2145 ,2085,2025,1965,1905,1845,1785,1 725,1665,1605,1545,1485,1425,136 5,1305,1245,1185,1125,1065,1005, 945,885,825,765,705,645,585,525,4 65,405,345,285,225,165,105,45	16,76,136,196,256,316,376,436 ,496,556,616,676,736,796,856, 916,976,1036,1096,1156,1216, 1276,1336,1396,1456,1516,157 6,1636,1696,1756,1816,1876,1 936	1996
丁丑	3884	3524,3284,3224,2684,2624,2564,25 04,2444,2384,2324,2264,2204,2144 ,2084,2024,1964,1904,1844,1784,1 724,1664,1604,1544,1484,1424,136 4,1304,1244,1184,1124,1064,1004,	17,77,137,197,257,317,377,437 ,497,557,617,677,737,797,857, 917,977,1037,1097,1157,1217, 1277,1337,1397,1457,1517,157 7,1637,1697,1757,1817,1877,1	1997

6癸	桓檀	서기전	서기	현
		944,884,824,764,704,644,584,524,464,404,344,284,224,164,104,44	970	
戊寅	3883	3523,3283,3223,2683,2623,2563,2503,2443,2383,2323,2263,2203,2143,2083,2023,1963,1903,1843,1783,1723,1663,1603,1543,1483,1423,1363,1303,1243,1183,1123,1063,1003,943,883,823,763,703,643,583,523,463,403,343,283,223,163,103,43	18,78,138,198,258,318,378,438,498,558,618,678,738,798,858,918,978,1038,1098,1158,1218,1278,1338,1398,1458,1518,1578,1638,1698,1758,1818,1878,1938	1998
己卯	3882	3522,3282,3222,2682,2622,2562,2502,2442,2382,2322,2262,2202,2142,2082,2022,1962,1902,1842,1782,1722,1662,1602,1542,1482,1422,1362,1302,1242,1182,1122,1062,1002,942,882,822,762,702,642,582,522,462,402,342,282,222,162,102,42	19,79,139,199,259,319,379,439,499,559,619,679,739,799,859,919,979,1039,1099,1159,1219,1279,1339,1399,1459,1519,1579,1639,1699,1759,1819,1879,1939	1999
庚辰	3881	3521.3281,3221,2681,2621,2561,2501,2441,2381,2321,2261,2201,2141,2081,2021,1961,19011,1841,1781,1721,1661,1601,1541,1481,1421,1361,1301,1241,1181,1121,1061,1001,941,881,821,761,701,641,581,521,461,401,341,281,221,161,101,41	20,80,140,200,260,320,380,440,500,560,620,680,740,800,860,920,980,1040,1100,1160,1220,1280,1340,1400,1460,1520,1580,1640,1700,1760,1820,1880,1940	2000
辛巳	3880	3520,3280,3220,2680,2620,2560,2500,2440,2380,2320,2260,2200,2140,2080,2020,1960,1900,1840,1780,1720,1660,1600,1540,1480,1420,1360,1300,1240,1180,1120,1060,1000,940,880,820,760,700,640,580,520,460,400,340,280,220,160,100,40	21,81,141,201,261,321,381,441,501,561,621,681,741,801,861,921,981,1041,1101,1161,1221,1281,1341,1401,1461,1521,1581,1641,1701,1761,1821,1881,1941	2001
壬午	3879	3519,3279,3219,2679,2619,2559,2499,2439,2379,2319,2259,2199,2139,2079,2019,1959,1899,1839,1779,1719,1659,1599,1539,1479,1419,1359,1299,1239,1179,1119,1059,999,939,879,819,759,699,649,579,519,459,399,339,279,219,159,99,39	22,82,142,202,262,322,382,442,502,562,622,682,742,802,862,922,982,1042,1102,1162,1222,1282,1342,1402,1462,1522,1582,1642,1702,1762,1822,1882,1942	2002

6癸	桓檀	서기전	서기	현
癸未	3878	3518,3278,3218,2678,2618,2558,2 498,2438,2378,2318,2258,2198,21 38,2078,2018,1958,1898,1838,177 8,1718,1658,1598,1538,1478,1418, 1358,1298,1238,1178,1118,1058,9 98,938,878,818,758,698,648,578,5 18,458,398,338,278,218,158,98,38	23,83,143,203,263,323,383,443 ,503,563,623,683,743,803,863, 923,983,1043,1103,1163,1223, 1283,1343,1403,1463,1523,158 3,1643,1703,1763,1823,1883,1 943	2003
甲申	3877	3517,3277,3217,2677,2617,2557,2 497,2437,2377,2317,2257,2197,21 37,2077,2017,1957,1897,1837,177 7,1717,1657,1597,1537,1477,1417, 1357,1297,1237,1177,1117,1057,9 97,937,877,817,757,697,647,577,5 17,457,397,337,277,217,157,97,37	24,84,144,204,264,324,384,444 ,504,564,624,684,744,804,864, 924,984,1044,1104,1164,1224, 1284,1344,1404,1464,1524,158 4,1644,1704,1764,1824,1884,1 944	2004
乙酉	3876	3516,3276,3216,2676,2616,2556,2 496,2436,2376,2366,2256,2196,21 36,2076,2016,1956,1896,1836,177 6,1716,1656,1596,1536,1476,1416, 1356,1296,1236,1176,1116,1056,9 96,936,876,816,756,696,646,576,5 16,456,396,336,276,216,156,96,36	25,85,145,205,265,325,385,445 ,505,565,625,685,745,805,865, 925,985,1045,1105,1165,1225, 1285,1345,1405,1465,1525,158 5,1645,1705,1765,1825,1885,1 945	2005
丙戌	3875	3515,3275,3215,2675,2615,2555,2 495,2435,2375,2315,2255,2195,21 35,2075,2015,1955,1895,1835,177 5,1715,1655,1595,1535,1475,1415, 1355,1295,1235,1175,1115,1055,9 95,935,875,815,755,695,645,575,5 15,455,395,335,275,215,155,95,35	26,86,146,206,266,326,386,446 ,506,566,626,686,746,806,866, 926,986,1046,1106,1166,1226, 1286,1346,1406,1466,1526,158 6,1646,1706,1766,1826,1886,1 946	2006
丁亥	3874	3514,3274,3214,2674,2614,2554,2 494,2434,2374,2314,2254,2194,21 34,2074,2014,1954,1894,1834,177 4,1714,1654,1594,1534,1474,1414, 1354,1294,1234,1174,1114,1054,9 94,934,874,814,754,694,634,574,5 14,454,394,334,274,214,154,94,34	27,87,147,207,267,327,387,447 ,507,567,627,687,747,807,867, 927,987,1047,1107,1167,1227, 1287,1347,1407,1467,1527,158 7,1647,1707,1767,1827,1887,1 947	2007
戊子	3873	3513,3273,3213,2673,2613,2553,2 493,2433,2373,2313,2253,2193,21	28,88,148,208,268,328,388,448 ,508,568,628,688,748,808,868,	2008

6癸	桓檀	서기전	서기	현
		33,2073,2013,1953,1893,1833,1773,1713,1653,1593,1533,1473,1413,1353,1293,1233,1173,1113,1053,993,933,873,813,753,693,633,573,513,453,393,333,273,213,153,93,33	928,988,1048,1108,1168,1228,1288,1348,1408,1468,1528,1588,1648,1708,1768,1828,1888,1948	
己丑	3872	3512,3272,3212,2672,2612,2552,2492,2432,2372,2312,2252,2192,2132,2072,2012,1952,1892,1832,1772,1712,1652,1592,1532,1472,1412,1352,1292,1232,1172,1112,1052,992,932,872,812,752,692,632,572,512,452,392,332,272,212,152,92,32	29,89,149,209,269,329,389,449,509,569,629,689,749,809,869,929,989,1049,1109,1169,1229,1289,1349,1409,1469,1529,1589,1649,1709,1769,1829,1889,1949	2009
庚寅	3871	3511,3271,3211,2671,2611,2551,2491,2431,2371,2311,2251,2191,2131,2071,2011,1951,1891,1831,1771,1711,1651,1591,1531,1410,1411,1351,1291,1231,1171,1111,1051,991,931,871,811,751,691,631,571,511,451,391,331,271,211,151,91,31	30,90,150,210,270,330,390,450,510,570,630,690,750,810,870,930,990,1050,1110,1170,1230,1290,1350,1410,1470,1530,1590,1650,1710,1770,1830,1890,1950	2010
辛卯	3870	3510,3270,3210,2670,2610,2550,2490,2430,2370,2310,2250,2190,2130,2070,2010,1950,1890,1830,1770,1710,1650,1590,1530,1470,1410,1350,1290,1230,1170,1110,1050,990,930,870,810,750,690,630,570,510,450,390,330,270,210,150,90,30	31,91,151,211,271,331,391,451,511,571,631,691,751,811,871,931,991,1051,1111,1171,1231,1291,1351,1411,1471,1531,1591,1651,1711,1771,1831,1891,1951	2011
壬辰	3869	3509,3269,3209,2669,2609,2549,2489,2429,2369,2309,2249,2189,2129,2069,2009,1949,1889,1829,1769,1709,1649,1589,1529,1469,1409,1349,1289,1229,1169,1109,1049,989,929,869,809,749,689,629,569,509,449,389,329,269,209,149,89,29	32,92,152,212,272,332,392,452,512,572,632,692,752,812,872,932,992,1052,1112,1172,1232,1292,1352,1412,1472,1532,1592,1652,1712,1772,1832,1892,1952	2012
癸巳	3868	3508,3268,3208,2668,2608,2548,2488,2428,2368,2308,2248,2188,2128,2068,2008,1948,1888,1828,1768,1708,1648,1588,1528,1468,1408,	33,93,153,213,273,333,393,453,513,573,633,693,753,813,873,933,993,1053,1113,1173,1233,1293,1353,1413,1473,1533,159	2013

6癸	桓檀	서기전	서기	현
		1348,1288,1228,1168,1108,1048,988,928,868,808,748,688,628,568,508,448,388,328,268,208,148,88,28	3,1653,1713,1773,1833,1893,1953	
甲午	3867	3507,3267,3207,2667,2607,2547,2487,2427,2367,2307,2247,2187,2127,2079,2007,1947,1887,1827,1767,1707,1647,1587,1527,1467,1407,1347,1287,1227,1167,1107,1047,987,927,867,807,747,687,627,567,507,447,387,327,267,207,147,87,27	34,94,154,214,274,334,394,454,514,574,634,694,754,814,874,934,994,1054,1114,1174,1234,1294,1354,1414,1474,1534,1594,1654,1714,1774,1834,1894,1954	2014
乙未	3866	3506,3266,3206,2666,2606,2546,2486,2426,2366,2306,2246,2186,2126,2066,2006,1946,1886,1826,1766,1706,1646,1586,1526,1466,1406,1346,1286,1226,1166,1106,1046,986,926,866,806,746,686,626,566,506,446,386,326,266,206,146,86,26	35,95,155,215,275,335,395,455,515,575,635,695,755,815,875,935,995,1055,1115,1175,1235,1295,1355,1415,1475,1535,1595,1655,1715,1775,1835,1895,1955	2015
丙申	3865	3505,3265,3205,2665,2605,2545,2485,2425,2365,2305,2245,2185,2125,2065,2005,1945,1885,1825,1765,1705,1645,1585,1525,1465,1405,1345,1285,1225,1165,1105,1045,985,925,865,805,745,685,625,565,505,445,385,325,265,205,145,85,25	36,96,156,216,276,336,396,456,516,576,636,696,756,816,876,936,996,1056,1116,1176,1236,1296,1356,1416,1476,1536,1596,1656,1716,1776,1836,1896,1951	2016
丁酉	3864	3504,3264,3204,2664,2604,2544,2484,2424,2364,2304,2244,2184,2124,2064,2004,1944,1884,1824,1764,1704,1644,1584,1524,1464,1404,1344,1284,1224,1164,1104,1044,984,924,864,804,744,684,624,564,504,444,384,324,264,204,144,84,24	37,97,157,217,277,337,397,457,517,577,637,697,757,817,877,937,997,1057,1117,1177,1237,1297,1357,1417,1477,1537,1597,1657,1717,1777,1837,1897,1957	2017
戊戌	3863	3503,3263,3203,2663,2603,2543,2483,2423,2363,2303,2243,2183,2123,2063,2003,1943,1883,1823,1763,1703,1643,1583,1523,1463,1403,1343,1283,1223,1163,1103,1043,9	38,98,158,218,278,338,398,458,518,578,638,698,758,818,878,938,998,1058,1118,1178,1238,1298,1358,1418,1478,1538,1598,1658,1718,1778,1838,1898,1	2018

6癸	桓檀	서기전	서기	현
		83,923,863,803,743,683,623,563,503,443,383,323,263,209,143,83,23	958	
己亥	2862	3502,3262,3202,2662,2602,2542,2482,2422,2362,2302,2242,2182,2122,2062,2002,1942,1882,1822,1762,1702,1642,1582,1522,1462,1402,1342,1282,1222,1162,1102,1042,982,922,862,802,742,682,622,562,502,442,382,322,262,202,142,82,22	39,99,159,219,279,339,399,459,519,579,639,699,759,819,879,939,999,1059,1119,1179,1239,1299,1359,1419,1479,1539,1599,1659,1719,1779,1839,1899,1959	2019
庚子	3861	3501,3261,3201,2661,2601,2541,2481,2421,2361,2301,2241,2181,2121,2061,2001,1941,1881,1821,1761,1701,1641,1581,1521,1461,1401,1341,1281,1221,1161,1101,1041,981,921,861,801,741,681,621,561,501,441,381,321,261,201,141,81,21	40,100,160,220,280,340,400,460,520,580,640,700,760,820,880,940,1000,1060,1120,1180,1240,1300,1360,1420,1480,1540,1600,1660,1720,1780,1840,1900,1960	2020
辛丑	3860	3500,3260,3200,2660,2600,2540,2480,2420,2360,2300,2240,2180,2120,2060,2000,1940,1880,1820,1760,1700,1640,1580,1520,1460,1400,1340,1280,1220,1160,1100,1040,980,920,860,800,740,680,620,560,500,440,380,320,260,200,140,80,20	41,101,161,221,281,341,401,461,521,581,641,701,761,821,881,941,1001,1061,1121,1181,1241,1301,1361,1421,1481,1541,1601,1661,1721,1781,1841,1901,1961	2021
壬寅	3859	3499,3259,3199,2659,2599,2539,2479,2419,2359,2299,2239,2179,2119,2059,1999,1939,1879,1819,1759,1699,1639,1579,1519,1459,1399,1339,1279,1219,1159,1099,1039,979,919,859,799,739,679,619,559,499,439,379,319,259,199,139,79,19	42,102,162,222,282,342,402,462,522,582,642,702,762,822,882,942,1002,1062,1122,1182,1242,1302,1362,1422,1482,1542,1602,1662,1722,1782,1842,1902,1962	2022
癸卯	3858	3498,3258,3198,2658,2598,2538,2478,2418,2358,2298,2238,2178,2118,2058,1998,1938,18781818,1758,1698,1638,1578,1518,1458,1398,1338,1278,1218,1158,1098,1038,978,918,858,798,738,678,618,558,498,438,378,318,258,198,138,78,18	43,103,163,223,283,343,403,463,523,583,643,703,763,823,883,943,1003,1063,1123,1183,1243,1303,1363,1423,1483,1543,1603,1663,1723,1783,1843,1903,1963	2023

6癸	桓檀	서기전	서기	현
甲辰	3857	3497,3257,3197,2657,2597,2537,2477,2417,2357,2297,2237,2177,2117,2057,1997,1937,1877,1817,1757,1697,1637,1577,1517,1457,1397,1337,1277,1217,1157,1097,1037,977,917,857,797,737,677,617,557,497,437,377,317,257,197,137,77,17	44,104,164,224,284,344,404,464,524,584,644,704,764,824,884,944,1004,1064,1124,1184,1244,1304,1364,1424,1484,1544,1604,1664,1724,1784,1844,1904,1964	2024
乙巳	3856	3496,3256,3196,2656,2596,2536,2476,2416,2356,2296,2236,2176,2116,2056,1996,1936,1876,1816,1756,1696,1636,1576,1516,1456,1396,1336,1276,1216,1156,1096,1036,976,916,856,796,736,676,616,556,496,436,376,316,256,196,136,76,16	45,105,165,225,285,345,405,465,525,585,645,705,765,825,850,945,1005,1065,1125,1185,1245,1305,1365,1425,1485,1545,1605,1665,1725,1785,1845,1905,1965	2025
丙午	3855	3495,3255,3195,2655,2595,2535,2475,2415,2355,2295,2235,2175,2115,2055,1995,1935,1875,1815,1755,1695,1635,1575,1515,1455,1395,1335,1275,1215,1155,1095,1035,975,915,855,795,735,675,615,555,495,435,375,315,255,195,135,75,15	46,106,166,226,286,346,406,466,526,586,646,706,766,826,886,946,1006,1066,1126,1186,1246,1306,1366,1426,1486,1546,1606,1666,1726,1786,1846,1906,1966	2026
丁未	3854	3494,3254,3194,2654,2594,2534,2474,2414,2354,2294,2234,2174,2114,2054,1994,1939,1874,1814,1754,1694,1634,1574,1514,1454,1394,1334,1274,1214,1154,1094,1034,974,914,854,794,734,674,614,554,494,434,374,314,254,194,134,74,14	47,107,167,227,287,347,407,467,527,580,647,707,767,827,887,947,1007,1067,1127,1187,1247,1307,1367,1427,1487,1547,1607,1667,1727,1787,1847,1907,1967	2027
戊申	3853	3493,3253,3193,2653,2593,2533,2473,2413,2353,2293,2233,2173,2113,2053,1993,1933,1873,1813,1753,1693,1633,1573,1513,1453,1393,1333,1273,1213,1153,1093,1033,973,913,853,793,733,673,613,553,493,433,373,313,253,193,133,73,13	48,108,168,228,288,348,408,468,528,588,648,708,768,828,888,948,1008,1068,1128,1188,1248,1308,1368,1428,1488,1548,1608,1668,1728,1788,1848,1908,1968	2028
己酉	3852	3492,3252,3192,2652,2592,2532,2472,2412,2352,2292,2232,2172,21	49,109,169,229,289,349,409,469,529,589,649,709,769,829,889	2029

6癸	桓檀	서기전	서기	현
		12,2052,1992,1932,1872,1819,1752,1692,1632,1572,1512,1452,1392,1332,1272,1212,1152,1092,1032,972,912,852,792,732,672,612,552,492,432,372,312,252,192,132,72,12	,949,1009,1069,1129,1189,1249,1309,1369,1429,1489,1549,1609,1669,1729,1789,1849,1909,1969	
庚戌	3851	3491,3251,3191,2651,2591,2531,2471,2411,2351,2291,2231,2171,2111,2051,1991,1931,1871,1811,1751,1691,1631,1571,1511,1451,1391,1331,1271,1211,1151,1091,1031,971,911,851,791,731,671,611,551,491,431,371,311,251,191,131,71,11	50,110,170,230,290,350,410,470,530,590,650,710,770,830,890,950,1010,1070,1130,1190,1250,1310,1370,1430,1490,1550,1610,1670,1730,1790,1850,1910,1970	2030
辛亥	3850	3490,3250,3190,2650,2590,2530,2470,2410,2350,2290,2230,2170,2110,2050,1990,1930,1870,1810,1750,1690,1630,1570,1510,1450,1390,1330,1270,1210,1150,1090,1030,970,910,850,790,730,670,610,550,490,430,370,310,250,190,130,70,10	51,111,171,231,291,351,411,471,531,591,651,711,771,831,891,951,1011,1071,1131,1191,1251,1311,1371,1431,1491,1551,1611,1671,1731,1791,1851,1911,1971	2031
壬子	3849	3489,3249,3189,2649,2589,2529,2469,2409,2349,2289,2229,2169,2109,2049,1989,1929,1869,1809,1749,1689,1629,1569,1509,1449,1389,1329,1269,1209,1149,1089,1029,969,909,849,789,729,669,609,549,489,429,369,309,249,189,129,69,9	52,112,172,232,292,352,412,472,532,592,652,712,772,832,892,952,1012,1072,1132,1192,1252,1312,1372,1432,1492,1552,1612,1672,1732,1792,1852,1912,1972	2032
癸丑	3848	3488,3248,3188,2638,2588,2528,2468,2408,2348,2288,2228,2168,2108,2048,1988,1928,1868,1808,1748,1688,1628,1568,1508,1448,1388,1328,1268,1208,1148,1088,1028,968,908,848,788,728,668,608,548,488,428,368,308,248,188,128,68,8	53,113,173,233,293,353,413,473,533,593,653,713,773,833,893,953,1013,1073,1133,1193,1253,1313,1373,1433,1493,1553,1613,1673,1733,1793,1853,1913,1973	2033
甲寅	3847	3487,3247,3187,2647,2587,2527,2467,2407,2347,2287,2227,21672119,2047,1987,1927,1867,1807,1747,1687,1627,1567,1507,1447,1387,1	54,114,174,234,294,354,414,474,534,594,654,714,770,834,894,954,1014,1074,1134,1194,1254,1314,1374,1434,1494,1554,1	2034

6癸	桓檀	서기전	서기	현
		327,1267,1207,1147,1087,1027,927,907,847,787,727,667,607,547,487,427,367,307,247,187,127,67,7	614,1674,1734,1794,1854,1914,1974	
乙卯	3846	3486,3246,3186,2646,2586,2526,2466,2406,2346,2286,2226,2166,2106,2046,1986,1926,1866,1806,1746,1686,1626,1566,1506,1446,1386,1326,1266,1206,1146,1086,1026,966,906,846,786,726,666,606,546,486,426,366,306,246,186,126,66,6	55,115,175,235,295,355,415,475,535,595,655,715,775,835,895,955,1015,1075,1135,1195,1255,1315,1375,1435,1495,1555,1615,1675,1735,1795,1855,1915,1975	2035
丙辰	3845	3485,3245,3185,2645,2585,252524 65,2405,2345,2285,2225,2165,2105,2045,1985,1925,1865,1805,1745,1685,1625,1565,1505,1445,1385,1325,1265,1205,1145,1085,1035,965,905,845,785,725,665,605,545,485,425,365,305,245,185,125,65,5	56,116,176,236,296,356,416,476,536,596,656,716,776,836,896,956,1016,1076,1136,1196,1256,1316,1376,1436,1496,1556,1616,1676,1736,1796,1856,1916,1976	2036
丁巳	3844	3484,3244,3184,2644,2584,2524,2464,2404,2344,2284,2224,2164,2104,2044,1984,1924,1864,1804,1744,1684,1624,1564,1504,1444,1384,1324,1264,1204,1144,1084,1024,964,904,844,784,724,664,604,544,484,424,364,304,244,184,124,64,4	57,117,177,237,297,357,417,477,537,597,657,717,777,837,897,957,1017,1077,1137,1197,1257,1317,1377,1437,1497,1557,1617,1677,1737,1797,1857,1917,1977	2037
戊午	3843	3583,3243,3183,2643,2583,2523,2463,2403,2343,2283,2223,2163,2103,2043,1983,1923,1863,1803,1743,1683,1623,1563,1503,1443,1383,1323,1263,1203,1143,1083,1023,963,903,843,783,723,663,603,543,483,423,363,303,243,183,123,63,3	58,118,178,238,298,358,418,478,538,598,658,718,778,838,898,958,1018,1078,1138,1198,1258,1318,1378,1438,1498,1558,1618,1678,1738,1798,1858,1918,1978	2038
己未	3842	3582,3242,3182,2642,2582,2522,2462,2402,2342,2282,2222,2162,2102,2042,1982,1922,1862,1802,1742,1682,1622,1562,1502,1442,1382,1322,1262,1202,1142,1082,1022,9	59,119,179,239,299,359,419,479,539,599,659,719,779,839,899,959,1019,1079,1139,1199,1259,1319,1379,1439,1499,1559,1619,1679,1739,1799,1858,1919	2039

6癸	桓檀	서기전	서기	현
		62,902,842,782,722,662,602,542,482,422,362,302,242,182,122,62,2	,1979	
庚申	3841	3581,3241,3181,2641,2581,2521,2461,2401,2341,2281,2221,2161,2101,2041,1981,1921,18611801,1741,1681,1621,1561,1501,1441,1381,1321,1261,1201,1141,1081,1021,961,901,841,781,721,661,601,541,481,421,361,301,241,181,121,61,1	60,120,180,240,300,360,420,480,540,600,660,720,780,840,900,960,1020,1080,1140,1200,1260,1320,1380,1440,1500,1560,1620,1680,1740,1800,1860,1920,1980	2040
辛酉	3840	3580,3240,3180,2640,2580,2520,2460,2400,2340,2280,2220,2160,2100,2040,1980,1920,1860,1800,1740,1680,1620,1560,1500,1440,1380,1320,1260,1200,1140,1080,1020,960,900,840,780,720,660,600,540,480,420,360,300,240,180,120,60, 서기 1년	61,121,181,241,301,361,421,481,541,601,661,721,781,841,901,961,1021,1081,1141,1201,1261,1321,1381,1441,1501,1561,1621,1681,1741,1801,1861,1921,1981	2041
壬戌	3839	3579,3239,3179,2639,2579,2519,2459,2399,2339,2279,2219,2159,2099,2039,1979,1919,1859,1799,1739,1679,1619,1559,1499,1439,1379,1319,1259,1199,1139,1079,1019,959,899,839,779,719,659,599,539,479,419,359,299,239,179,119,59, 서기 2년	62,122,182,242,302,362,422,482,542,602,662,722,782,842,902,962,1022,1082,1142,1202,1262,1322,1382,1442,1502,1562,1622,1682,1742,1802,1862,1922,1982	2042

* 간지 구하는 법

서기 4년 갑자년 기준으로,

1. 서기 1년 이후의 경우 : 연대를 60으로 나누어 나머지로 계산

천간은 연대의 끝자리를 10으로 나눴을 때, 1=辛, 2=壬, 3=癸, 4=甲, 5=乙, 6=丙, 7=丁, 8=戊, 9=己, 0 또는 10=庚이다.

지지는 연대의 끝자리를 12로 나눴을 때어, 1=酉, 2=戌, 3=亥, 4=子, 5=丑, 6=寅, 7=卯, 8=辰, 9=巳, 10=午, 11=未, 0 또는 12=申이 된다.

2. 서기전 1년 이전의 경우 : 연대를 60으로 나누고 이 나머지에 61을 더하여 양수로 만들어서 위 1과 똑같이 계산하면 된다.

한중일 및 세계 연표

韓·中·日 및 世界의 紀元·王朝·年號·干支 年表

- 桓紀는 옛 한국 기원, 開天은 배달나라(檀國) 기원, 檀紀는 檀君王儉의 朝鮮 기원을 가리킴.
- 黃帝紀元은 중국의 실질적인 시조인 黃帝軒轅의 기원을 말함.
- 例)각 國名은 진한 大字로 표시하고, 高2.琉璃는 고구려의 2대 임금 유리를 나타냄. 거란(遼)와 여진(金)은 韓國란에 기재하였음. 단군조선의 番韓과 馬韓의 世系는 생략하였음.
- 例)檀紀란의 (高)多勿은 고구려의 다물이라는 年號를, 黃帝紀元란의 (漢)神爵은 漢나라의 연호를, 日本란의 ( )은 일본연호로 서기 900년까지 표기하였음.

西紀	干支	한기 (桓紀)	개천 (開天)	단기 (檀紀)	한국	黃帝 紀元	中國	日本	世界
서기전 70,378					前桓國 63,182년간				
서기전 7197- 3897	甲子	1	-3300	-4864	한국(桓國) 天山 합3301년간 황궁씨(黃穹氏) 서기전 7197년~서기전 6100년경 유인씨(有因氏) 서기전 6100년경~서기전 5000년경	-4499	(한국桓國)		서기전 5598.9.1.Greece 紀元 서기전 5508.3.21.(4.1.) Constantinople 教會紀元 서기전 5508.9.1.Byzanti um紀元

西紀	干支	한기 (桓紀)	개천 (開天)	단기 (檀紀)	한국	黃帝 紀元	中國	日本	世界
					한인씨(桓因氏) 7대 약 1100년간 1.天帝桓因(仁) 2.赫胥 3.古是利 4.朱于襄 5.釋提壬 6.邱乙利 7.智爲利(檀仁)				서기전 5503.8.29.Alexa ndria紀元 서기전 5492.9.1.Antioc hia敎會紀元 서기전 4713.1.1. 스카르젤의 유리우 스 周紀 서기전 4008.10. 世界紀元(서기전 4004?)
서기전 3897- 2333	甲子	3301	1	-1564	**배달(檀國)** 太白山(神市) 18대 1565년간 1.居發桓桓雄 서기전 3897-3804 (94) 120세 2.居弗理 서기전 3803-3718 (86) 120세 3.右耶古 서기전 3717-3619 (99) 135세 4.慕士羅 서기전 3618-3512 (107) 129세 5.太虞儀 서기전 3511-3419 (93) 115세 6.多儀發 서기전 3418-3321 (98) 110세 7.居連 서기전 3320-3240 (81) 140세 8.安夫連 서기전 3239-3167 (73) 94세 9.養雲 서기전 3166-3071 (96) 139세 10.葛古 서기전 3070-2971 (100) 125세	-1199	(배달檀國) (震帝國 1.太皓伏羲(桓) 陳.風氏 癸酉 서기전 3528-3413 2.女媧(桓) 戊辰 서기전 3413-3283 16대 310년간 (有熊國) 姜水 1.少典......... 公孫 서기전 3242- 서기전 2750경 軒丘 流配) (炎帝國) 1.炎帝神農 姜水. 姜姓. 曲阜 癸未 서기전 3218-3079 (140) 2.帝臨 癸卯 서기전 3078-2999 (80)		서기전 3760.10.1.Juda 紀元 서기전 3102.2.18. 인도 기원(Kalijuga)
					11.居耶發 서기전 2970-2879		3.帝承 癸亥		

西紀	干支	한기 (桓紀)	개천 (開天)	단기 (檀紀)	한국	黃帝 紀元	中國	日本	世界
					(92) 149세 12.州武愼 서기전 2878-2774 (105) 123세 13.斯瓦羅 서기전 2773-2707 (67) 100세 *서기전 2748.5.5. 치우 탄생 14.慈烏支(蚩尤) 靑邱 서기전 2706-2598 (109) 151세 15.蚩額特 서기전 2597-2509 (89) 118세 16.祝多利 서기전 2508-2453 (56) 99세 17.赫多世 서기전 2452-2381 (48) 82세 18.居弗檀(檀雄) 서기전 2380-2333 (48) 82세 *서기전 2370.5.2.寅時 단군왕검 탄생		서기전 2998-2939 (60) 4.帝明 癸亥 서기전 2938-2900 (49) 5.帝宜 壬子 서기전 2899-2845 (45) 6.帝來 丁酉 서기전 2844-2797 (48) 7.帝襄 乙酉 서기전 2796-2754 (43) 8.帝楡 戊辰 서기전 2753-2698 (55) 2696死 8대 520년		
서기전 2698	癸亥	4500	1200	-365	蚩尤天王-炎帝神農 國 平定	1	(熊國 -후기 유웅국 1.黃帝軒轅 瞵鹿. 公孫氏. 姬姓 癸亥 서기전 2698-2599 (100)		
서기전 2697	甲子	4501	1201	-364	(檀熊國-후기염제국 9.帝魁 空桑(陳留) 甲子 서기전 2697-2607(91) 10.帝罔 乙未 서기전 2606-2536(71) 11.帝成 서기전 2535-2460(76) 12.泰帝 서기전	2	2.少昊金天 曲阜. 己姓. 癸卯 서기전 2598-2515 (84) 3.顓頊高陽 高陽. 丁卯 서기전 2514-2437 (78) 4.帝嚳高辛 憎 乙酉 서기전 2436-2367 (70) 5.帝摯 乙未		

西紀	干支	한기 (桓紀)	개천 (開天)	단기 (檀紀)	한국		黃帝 紀元	中國	日本	世界
					2459-1400(60) 13.洪帝 서기전 2399-2333(66) 補王 聖帝(檀君王儉) 서기전 2357-2333)			서기전 2366-2358 (9))		
서기전 2357	甲辰	4841	1521	-24	13.神王 檀君王儉 甲辰 서기전 2357-2334 (24) 13대886년간.		342	唐 帝堯 伊祈姓. 平陽 甲辰 서기전 2357-2285 (73)		서기전 2348 노아 홍수
서기전 2333	戊辰	4865	1565	1	조선(朝鮮) 1.檀君王儉 聖帝 桓氏. 阿斯達 서기전 2333.10.1. -2241.3.15.(93) 130세		366	당요25년		
					番韓 險瀆 1.蚩頭男	馬韓 白牙岡 1.熊伯 多				
서기전 2284	丁巳	4914	1614	50	檀君王儉50년 大洪水-治水-牛首州 치적비		415	虞 7.帝舜 (帝俊) 蒲坂. 姚姓 서기전 2284-2225 (60)		
서기전 2283	戊午	4915	1615	51	마리山 祭天壇, 三郎 城 築造		416	舜2년		
서기전 2267	甲戌	4931	1631	67	塗山會議-虞司空 禹 에게 五行治水法 傳授		432	舜17년		
서기전 2240	辛丑	4958	1658	94	2.扶婁 元帝 서기전 2240-2183(58)		459	舜45년		
서기전 2224	丁巳	4974	1674	110	扶婁17년		475	夏 1.禹 安邑. 撰姓 서기전 2224-2198(27)		
서기전 2197	甲申	5001	1711	137	扶婁44년		502	2.啓-2189(9)		

西紀	干支	한기 (桓紀)	개천 (開天)	단기 (檀紀)	한국	黃帝 紀元	中國	日本	世界
서기전 2188	癸巳	5010	1710	146	扶婁53년	511	3.太康-2160(29)		
서기전 2182	己亥	5016	1716	152	3.嘉勒 仁帝 -2138(45)	517			
서기전 2181	庚子	5017	1717	153	加臨土(正音)38字	518			
서기전 2177	甲辰	5021	1721	157	索靖-匈奴始祖	522			
서기전 2173	戊申	5025	1725	161	素尸毛犁반란진압	526			
서기전 2159	壬戌	5039	1739	175		540	4.仲康(中 康)-2147(13)		
서기전 2146	乙亥	5052	1752	188		553	5.王相(后 相)-2119(28)		
서기전 2137	甲申	5061	1761	197	4.烏斯丘 光帝 -2100(38) 烏斯達=蒙古里汗	562			
서기전 2118	癸卯	5080	1780	216		581	6.后吠-2080(39)		
서기전 2099	壬戌	5099	1799	235	5.丘乙 平帝 -2084(16)	600	(寒琿)		
서기전 2083	戊寅	5115	1815	251	6.達門 文帝 -2048(36)	616			
서기전 2079	壬午	5119	1819	255		620	7.少康-2058(22)		
서기전 2057	甲辰	5141	1841	277		642	8.瀇-2041(17)		
서기전 2047	甲寅	5151	1851	287	7.翰栗 惠帝 -1994(54)	652			
서기전 2040	辛酉	5158	1858	294		659	9.槐-2015(26)		
서기전 2016	乙酉	5182	1882	318		683			10.1.Abraham紀 元(Eusebio)
서기전 2014	丁亥	5184	1884	320		685	10.芒-1997(18)		
서기전 1996	乙巳	5202	1902	338		703	11.泄-1981(16)		

西紀	干支	한기 (桓紀)	개천 (開天)	단기 (檀紀)	한국	黃帝 紀元	中國	日本	世界
서기전 1993	戊申	5205	1905	341	8.于西翰(烏斯含) 莊 帝 -1986(8)	706			
서기전 1985	丙辰	5213	1913	349	9.阿述 肅帝 -1951(35)	714			
서기전 1980	辛酉	5218	1918	354		719	12.不降-1922(59)		
서기전 1950	辛卯	5248	1948	384	10.魯乙 靈帝 -1892(59)	749			서기전 1950경 아 브라함 출발
서기전 1921	庚申	5277	1977	413		778	13.后哮-1901(21)		
서기전 1900	辛巳	5298	1998	434		799	14.及-1880(21)		
서기전 1891	庚寅	5307	2007	443	11.道奚 裕帝 -1835(57)	808			
서기전 1879	壬寅	5319	2019	455		820	15.孔甲-1849(31)		
서기전 1848	癸酉	5350	2050	486		851	16.皐-1838(11)		
서기전 1837	甲申	5361	2061	497		862	17.發-1818(19)		
서기전 1834	丁亥	5364	2064	500	12.阿漢 武帝 -1783(52)	865			
서기전 1818	乙巳	5380	2080	516		881	18.履癸 (桀)-1767(52) 18대 458년간		
서기전 1782	己卯	5416	2116	552	13.屹達(代音達)虞帝 -1722(61)	917			
서기전 1766	乙未	5432	2132	568		933	商 1.成湯(子履.天乙) 憎-1754(13)		
서기전 1752	己酉	5446	2146	582		947	2.外丙-1752(2)		
서기전 1751	庚戌	5447	2147	583		948	3.仲壬-1748(4)		
서기전 1747	甲寅	5451	2151	587		952	4.太甲-1721(27)		

西紀	干支	한기 (桓紀)	개천 (開天)	단기 (檀紀)	한국	黃帝 紀元	中國	日本	世界
서기전 1721	庚辰	5477	2197	613	14.古弗 盆帝 -1662(60)	978			
서기전 1720	辛巳	5478	2198	614		979	5.沃丁-1692(29)		
서기전 1691	庚戌	5507	2207	643		1008	6.太庚-1667(25)		
서기전 1666	己亥	5532	2232	668		1033	7.小甲-1650(17)		
서기전 1661	庚辰	5537	2237	673	15.代音(後屹達) 毅 帝 -1611(51)	1038			
서기전 1649	壬辰	5549	2249	685		1050	8.雍己-1638(12)		
서기전 1637	甲辰	5561	2261	697		1062	9.太戊-1563(75)		
서기전 1610	辛未	5588	2288	724	16.尉那 明帝 -1553(58)	1089			
서기전 1581	庚子	5617	2317	753		1118			Athenae紀元
서기전 1562	己未	5636	2336	772		1137	10.仲丁-1550(13)		
서기전 1552	己巳	5646	2346	782	17.余乙 成帝 -1485(68)	1147			
서기전 1549	壬申	5649	2349	785		1150	11.外壬-1535(15)		
서기전 1534	丁亥	5664	2364	800		1165	12.河亶甲-1527(9) 都相		
서기전 1526	乙未	5672	2372	808		1173	13.祖乙-1508(19) 都耿		
서기전 1507	甲寅	5691	2391	827		1192	14.祖辛-1492(16)		
서기전 1491	庚午	5707	2407	843		1208	15.沃甲-1467(25)		서기전 1491경 모 세-이집트탈출
서기전 1484	丁丑	5714	2414	850	18.冬奄 順帝 -1436(49)	1215			
서기전 1466	乙未	5732	2432	868		1233	16.祖丁-1435(32)		

西紀	干支	한기 (桓紀)	개천 (開天)	단기 (檀紀)	한국	黃帝 紀元	中國	日本	世界
서기전 1435	丙寅	5763	2463	899	19.緩牟蘇 康帝 -1381(55)	1264			
서기전 1434	丁卯	5764	2464	900		1265	17.南庚-1410(25)		
서기전 1409	壬辰	5789	2489	925		1290	18.陽甲-1403(7)		
서기전 1402	己亥	5796	2496	932		1297	殷 19.盤庚-1375(28) 都慇		
서기전 1380	辛酉	5818	2518	954	20.固忽 獻帝 -1338(43)	1319			
서기전 1374	丁卯	5824	2524	960		1325	20.小辛-1354(21)		
서기전 1353	戊子	5845	2545	981		1346	21.小乙-1326(28)		
서기전 1337	甲辰	5861	2561	997	21.蘇台 建帝 -1286(52)	1362			
서기전 1325	丙辰	5873	2573	1009		1374	22.武丁(高 宗)-1267(59)		
서기전 1289	壬辰	5909	2609	1045	高登-鬼方攻破	1410			
서기전 1285	丙申	5913	2613	1049	(後)朝鮮 白岳山阿斯達 22.索弗婁 靖帝 -1238(48) 番韓　　馬韓 30.徐于餘　19.黎 　　　　　　元興	1414			
서기전 1282	己亥	5916	1616	1052	禁八條頒布	1417			
서기전 1266	乙卯	5932	2632	1068		1433	23.祖庚-1260(7)		
서기전 1259	壬戌	2939	2639	1075		1440	24.祖甲-1227(33)		
서기전 1237	甲申	5961	2661	1097	23.阿忽 祜帝 -1162(76)	1462			
서기전 1226	乙未	5972	2672	1108		1473	25.弟辛-1221(6)		

西紀	干支	한기 (桓紀)	개천 (開天)	단기 (檀紀)	한국	黃帝 紀元	中國	日本	世界
서기전 1220	辛丑	5978	2678	1114		1479	26.庚丁-1200(21)		
서기전 1199	壬戌	5999	2699	1135		1500	27.武乙-1196(4)		서기전 1200경 高 乙那 神島侯
서기전 1195	丙寅	6003	2703	1139		1504	28.太丁-1193(3)		
서기전 1192	己巳	6006	2706	1142		1507	29.帝乙-1156(37)		
서기전 1184	丁丑	6014	2714	1150		1515			Troy陷落紀元
서기전 1161	庚子	6037	2737	1173	24.延那 瑞帝 -1151(11)	1538			
서기전 1155	乙巳	6043	2743	1179		1544	30.帝辛(紂)(子 受)-1123(32) 30대 644년간		
서기전 1150	辛亥	6048	2748	1184	25.率那 穆帝 -1063(88)	1549			
서기전 1122	己卯	6076	2776	1212		1577	周 (文王.昌) 1.武王(發) 都鎬 1134-1116(19)(7)		
서기전 1115	丙戌	6083	2783	1219		1584	2.成王-1079(37)		
서기전 1078	癸亥	6120	2820	1256		1621	3.康王-1053(26)		
서기전 1062	己卯	6135	2835	1272	26.鄒魯 憲帝 -998(65)	1637			
서기전 1052	己丑	6145	2845	1282		1647	4.昭王-1002(51)		
서기전 1027	甲寅	6171	2871	1307		1672			釋誕日(韓,中)
서기전 1001	庚辰	6796	2896	1333		1698	5.穆王-947(55)		서기전 1000경 다 윗왕
서기전 997	甲申	6801	2901	1337	27.豆密 章帝 -972(26)	1722			

西紀	干支	한기 (桓紀)	개천 (開天)	단기 (檀紀)	한국	黃帝 紀元	中國	日本	世界
서기전 971	庚戌	6227	2927	1343	28.奚牟 雲帝 -944(28)	1728			
서기전 946	乙亥	6252	2952	1368		1754	6.共王-935(12)		서기전 950경 솔로 몬왕
서기전 943	戊寅	6255	2955	1371	29.摩休 慶帝 -910(34)	1756			
서기전 934	丁亥	6264	2964	1380		1765	7.懿王-910(25)		
서기전 924	丙申	6274	2974	1390	王文-吏讀,符隸	1775			
서기전 910	辛亥	6288	2988	1406		1789	8.孝王-895(15)		
서기전 909	壬子	6289	2989	1405	30.那休 烈帝 -875(35)	1790			
서기전 894	丁卯	6304	3004	1420		1805	9.夷王(二 公)-879(16)		
서기전 878	癸未	6320	3020	1456		1821	10.㡴王-828(51)		
서기전 874	丁亥	6324	3024	1460	31.登屼 昌帝 -850(34)	1825			
서기전 849	壬子	6349	3049	1485	32.鄒密 宣帝 -820(30)	1850			
서기전 827	甲戌	6371	3071	1507		1872	11.宣王-782(46)		
서기전 819	壬午	6379	3079	1515	33.甘勿 長帝 -796(24)	1880			
서기전 795	丙午	6403	3103	1539	34.奧婁門 遂帝 -773(23)	1904			
서기전 781	庚申	6417	3117	1553		1918	12.幽王-771(41)		
서기전 776	乙丑	6422	3122	1558		1923			7.1.Olympia기원
서기전 772	己巳	6426	3126	1562	35.沙伐 孝帝 -705(68)	1927			
서기전 770	辛未	6428	3128	1564		1929	東周 13. 平王-720(51) 都落陽(洛邑)		

西紀	干支	한기 (桓紀)	개천 (開天)	단기 (檀紀)	한국	黃帝 紀元	中國	日本	世界
서기전 753	戊子	6445	3145	1581		1946			Rome紀元
서기전 723	戊午	6475	3175	1611	彦派弗合-熊襲平定	1976			서기전 722 이스라 엘 멸망
서기전 719	壬戌	6479	3179	1615		1980	14.相王-698(22)		
서기전 704	丁丑	6494	3194	1630	36.買勒 夙帝 -647(58)	1995			
서기전 697	甲申	6501	3201	1637		2002	15.莊王-683(15)		
서기전 682	己亥	6516	3216	1652		2017	16.釐王-678(5)		
서기전 677	甲辰	6521	3221	1657		2022	17.惠王-653(25)		
서기전 667	甲寅	6531	3231	1667	陜野侯 裵槃命-三島 平定	2032			
서기전 660	辛酉	6538	3238	1674		2039		1.神武 -584(76)	
서기전 652	己巳	6546	3246	1682		2047	18.襄王-620(33)		
서기전 646	丁亥	6552	3252	1688	37.麻勿 信帝 -591(56)	2053			
서기전 624	丁卯	6574	3274	1710		2075			석가모니탄생 -544(80)
서기전 619	壬申	6579	3279	1715		2080	19.頃王-614(6)		
서기전 613	戊寅	6585	3285	1721		2086	20.匡王-608(6)		
서기전 607	甲申	6591	3291	1727		2092	21.定王-587(21) 老子生		
서기전 590	辛未	6608	3308	1744	38.多勿 道帝 -546(45)	2109			
서기전 586	乙巳	6612	3312	1748		2113	22.簡王-573(14)		서기전 586 유대 멸 망
서기전 581	庚戌	6617	3317	1753		2118		2.綏靖 -548(67)	

西紀	干支	한기 (桓紀)	개천 (開天)	단기 (檀紀)	한국	黃帝 紀元	中國	日本	世界
서기전 572	己未	6626	3326	1762		2127	23.靈王-546(27)		
서기전 566	乙丑	6632	3332	1768		2133			釋誕日(日)
서기전 551	庚辰	6647	3347	1783		2148	孔子生		
서기전 546	乙酉	6652	3352	1788		2153		3.安寧 -511(66)	
서기전 545	丙辰	6653	3353	1789	39.豆忽 端帝 -510(36)	2154	24.景王-521(25)		
서기전 520	辛亥	6678	3378	1814		2179	25.悼王-519(6月)		
서기전 519	壬子	6679	3379	1815		2180	26.敬王-476(44)		
서기전 510	辛酉	6688	3388	1824		2189		4.懿德 -477(33)	
서기전 509	壬辰	6689	3389	1825	40.達音 安帝 -492(18)	2190			
서기전 491	庚戌	6707	3407	1843	41.音次 達帝 -472(20)	2208			
서기전 479	壬辰	6719	3419	1855		2220	孔子死		
서기전 475	丙申	6723	3423	1859		2224	27.元王-470(6)	5.孝昭 -393(83)	
서기전 471	庚午	6727	3427	1863	42.乙于支 輪帝 -462(10)	2228			
서기전 469	壬寅	6729	3429	1865		2230	28.貞定王-(3月)		
서기전 461	庚辰	6737	3437	1873	43.勿理 通帝 -426(36)	2238			
서기전 440	辛未	6758	3458	1894		2259	29.哀王-(3月) 30.思王-(6월)		
서기전 439	壬申	6759	3459	1895		2260	31.考王-425(15)		
서기전 425	丙辰	6773	3473	1909	大夫餘 44.丘勿 誠帝 -397(29) 藏唐京	2274			

西紀	干支	한기 (桓紀)	개천 (開天)	단기 (檀紀)	한국	黃帝 紀元	中國	日本	世界
서기전 424	丁亥	6774	3474	1910		2275	32.威烈王-401(24)		
서기전 400	辛亥	6798	3498	1934		2299	33.安王-376(26)		
서기전 396	乙酉	6802	3502	1938	45.余婁 彬帝 -342(55)	2303			
서기전 392	己未	6806	3506	1942		2307		6.孝安 -291(102)	
서기전 375	丙子	6823	3523	1959		2324	34.烈王-369(7)		
서기전 368	癸未	6830	3530	1966		2331	35.顯王-321(48)		
서기전 341	庚辰	6857	3557	1993	46.普乙 和帝 -296(46)	2358			
서기전 323	戊戌	6875	3575	2011	番朝鮮王 69.箕詡-316(8)	2376			
서기전 320	辛未	6878	3578	2014		2379	36.愼靚王-315(6)		
서기전 315	丙午	6883	3583	2019	(番)70.箕煜 -291(25)	2384			
서기전 314	丁丑	6884	3584	2020		2385	37.姬王-256(59)		
서기전 295	丙寅	6903	3603	2039	47.古列加 寧帝 -238(58)	2404			
서기전 290	辛未	6908	3608	2044	(番)71.箕釋 -252(39)	2409		7.孝靈 -215(76)	
서기전 255	丙子	6943	3643	2079		2444	38.君班-249(7) 38대 874년간		
서기전 251	庚戌	6947	3647	2083	(番)72.箕潤 -233(19)	2448			
서기전 249	壬午	6949	3649	2085		2450	**秦** 1.莊襄王-246(3)		
서기전 246	乙酉	6952	3652	2088		2453	2.始皇政-210(37)		
서기전 239	壬戌	6959	3659	2095	**北夫餘** 1.解慕漱-195(45) 蘭濱	2460			

西紀	干支	한기 (桓紀)	개천 (開天)	단기 (檀紀)	한국	黃帝 紀元	中國	日本	世界
서기전 238	癸亥	6960	3660	2096	檀君朝鮮 五加聯政~ 서기전 232년. 6년간.	2461			
서기전 232	己巳	6966	3666	2102	(番)73.箕丕 -222(11) (北)五加聯政 撤廢	2467			
서기전 221	庚辰	6977	3677	2113	(番)74.箕準 -194(27)	2478			
서기전 214	丁亥	6984	3684	2120		2485		8.孝元 -158(57)	
서기전 209	壬辰	6989	3689	2125	**辰韓**~서기전 57 1.蘇伯孫 慶州 *弁韓 서기전 209년 경~서기 42년	2490	3.胡亥-208(2)		
서기전 207	甲午	6991	3691	2127		2492	4.欌-207 4대 42년간		
서기전 206	乙丑	6992	3692	2128		2493	**漢** 1.高祖-195(12) 洛陽		
서기전 194	丁未	7004	3704	2140	北2.慕漱離~170(25) 番조선 亡 **衛滿朝鮮** 1.衛滿 2.次王 3.右渠~108 3대 87년간. **馬韓**~9 0.武康王(箕 準)~194(1)	2505			
서기전 193	戊申	7005	3705	2141	馬.1.康王 (卓)-190(4)	2506			
서기전 189	壬子	7009	3709	2145	馬2.安王-158(32)	2510			
서기전 188	r癸丑	7010	3710	2146		2511	3.呂雉(少帝恭-184, 少帝弘-180)(8)		
서기전 180	辛酉	7018	3718	2154		2519	4.文帝-157(23)		
서기전 169	壬申	7029	3729	2165	北3.高奚斯-121(49)	2530			

西紀	干支	한기 (桓紀)	개천 (開天)	단기 (檀紀)	한국	黃帝 紀元	中國	日本	世界
서기전 163	戊寅	7035	3735	2171		(漢)後元 -150			
서기전 157	甲申	7041	3741	2177	馬3.惠王-145(13)	2542	5.景帝-141(16)	9.開化-98(60)	
서기전 156	乙酉	7042	3742	2178		(漢)初元 -150			
서기전 149	壬辰	7049	3749	2185		(漢)中元 -144			
서기전 144	丁酉	7054	3754	2190	馬4.明王-114(31)	2555			
서기전 143	戊戌	7055	3755	2191		(漢)後元 -141			
서기전 140	辛丑	7058	3758	2194		(漢)建元 -134	6.武帝-87(54)		
서기전 134	丁未	7064	3764	2200		(漢)元光 -129			
서기전 128	癸丑	7070	3770	2206		(漢)元朔 -123			
서기전 122	己未	7076	3776	2212		(漢)元狩 -117			
서기전 120	辛酉	7078	3778	2214	北4.高于婁-87(34) 高辰-高句麗侯	2579	(漢)匈奴休屠王捕		
서기전 116	乙丑	7082	3782	2218		(漢)元鼎 -111			
서기전 113	戊辰	7085	3785	2221	馬5.孝王-74(40)	2586			
서기전 110	辛未	7088	3788	2224		(漢)元封 -105			
서기전 108	癸酉	7090	3790	2226	(東明 1.高豆莫汗-87(22) 卒本)	2591			

西紀	干支	한기 (桓紀)	개천 (開天)	단기 (檀紀)	한국	黃帝 紀元	中國	日本	世界
서기전 104	丁丑	7094	3794	2230		(漢)太初 -101			
서기전 100	辛巳	7098	3798	2234		(漢)天漢 -97			
서기전 97	甲申	7101	3801	2237		2602		10.崇神 -30(68)	
서기전 96	乙酉	7102	3802	2238		(漢)太始 -93			
서기전 92	己丑	7106	3806	2242		(漢)征和 -89			
서기전 88	癸巳	7110	3810	2246		(漢)後元 -87			
서기전 87	甲午	7111	3811	2247		2612	7.昭帝-74(13)		
서기전 86	乙未	7112	3812	2248	北5.高豆莫 108-60(49)(27) 東夫餘侯 1.解夫婁-48(39)	(漢)始元 -80			
서기전 80	辛丑	7118	3818	2254		(漢)元鳳 -75			
서기전 79	壬寅	7119	3819	2255	5.5.高朱蒙탄생	2620			
서기전 77	甲辰	7121	3821	2257	金蛙출현	2622			
서기전 74	丁未	7124	3824	2260		(漢)元平 (1)			
서기전 73	戊申	7125	3825	2261	馬6.襄王-59(15)	(漢) 本始 -서기전 70	8.宣帝-49(25)		
서기전 69	壬子	7129	3829	2265		(漢)地節 -66			
서기전 65	丙辰	7133	3833	2269		(漢) 元康 -서기전 62			
서기전 61	庚申	7137	3837	2273		(漢)神爵 -58			

西紀	干支	한기 (桓紀)	개천 (開天)	단기 (檀紀)	한국	黃帝 紀元	中國	日本	世界
서기전 59	壬戌	7139	3839	2275	北6.高無胥-58(2) 卒本 고주몽 동부여 탈출	2640			
서기전 58	癸亥	7140	3840	(北) 多勿	北7.高朱蒙-38(21) 7대 202년간 馬7.元王-33(26)	2641			
서기전 57	甲子	7141	3841	2277	**新羅** 1.朴赫居世-3(60)	(漢) 五鳳 -서기전 54			
서기전 53	戊辰	7145	3845	2281		(漢) 甘露 -서기전 50			
서기전 49	壬申	7149	3849	2285		(漢)黃龍 (1)			
서기전 48	癸酉	7150	3850	2286		(漢)初元 -44	9.元帝-33(16)		
서기전 47	甲戌	7151	3851	2287	東2.金蛙-7(41)	2652			
서기전 45	丙子	7153	3853	2289		2654			Caesar紀元
서기전 43	戊寅	7155	3855	2291		(漢) 永光 -蝙39			
서기전 42	己卯	7156	3856	2292	3月,小西奴 南行	2657			
서기전 38	癸未	7160	3860	2296		(漢) 建昭 -서기전 34			
서기전 37	甲申	7161	3861	(高) 平樂	**高句麗** 1.高朱蒙 高祖-서기 전 19(19) 東明聖帝	2662			
서기전 33	戊子	7165	3865	2301		(漢)竟寧 (1)	10.成帝-7(26)		
서기전 32	己丑	7166	3866	2302	馬8.稽王-17(16)	(漢) 建始 -서기전 29			

西紀	干支	한기 (桓紀)	개천 (開天)	단기 (檀紀)	한국	黃帝 紀元	中國	日本	世界
서기전 31	庚寅	7167	3867	2303	(高)於瑕羅侯 1.小西奴-서기전 19(13)	2668			
서기전 30	辛卯	7168	3868	2304		2669			Spain紀元
서기전 29	壬辰	7169	3869	2305		2670		11.垂仁 -71(100)	
서기전 28	癸巳	7170	3870	(高)多勿 31년	(高)沸流국 멸-多勿 侯	(漢)河平 -25			
서기전 27	甲午	7171	3871	2307	北沃沮 멸망	2672			Augutus紀元
서기전 26	乙未	7172	3872	2308	(高)訥見(常春) 移都	2673			
서기전 24	丁酉	7174	3874	2310		(漢) 陽朔 -서기전 21			
서기전 20	辛丑	7178	3878	2314		(漢)鴻嘉 -17			
서기전 19	壬寅	7179	3879	2315	高2.琉璃 太宗 -18(37) (於)2.沸流-?	2680			
서기전 18	癸卯	7180	3880	2316	**百濟** 1.溫祚-27(45)	2681			
서기전 16	乙巳	7182	3882	2318	馬9.學王-9(25) 9대203년간	(漢) 水始 -서기전 13			
서기전 12	己酉	7186	3886	2322		(漢)元延 -서기전 9			
서기전 8	癸丑	7190	3890	2326		(漢)綏和 -서기전 7			
서기전 7	甲寅	7191	3891	2327		2692	11.哀帝-서기전 1(6)		

西紀	干支	한기(桓紀)	개천(開天)	단기(檀紀)	한국	黃帝紀元	中國	日本	世界
서기전6	乙卯	7192	3892	2328	東3.帶素-22(28)	2693			
서기전5	丙辰	7193	3893	2329		(漢)太初(1)(漢)太初元將(1)			
서기전4	丁巳	7194	3894	2330		(漢)大初元將(1)			
서기전2	己未	7196	3896	2332		(漢)元壽-서기전1			
서기전1	庚申	7197	3897	2333		2698	12.平帝-5(5)		
서기1	辛酉	7198	3898	2334		(漢)大始-5			
4	甲子	7201	3901	2337	新2.南解-23(20)	2702			
5	乙丑	7202	3902	2338		2703	13.孺帝-8(3)		
6	丙寅	7203	3903	2339		(漢)居攝-8			
8	戊辰	7205	3905	2341		(漢)初始(1)	新14(1).王莽-23(15)		
9	己巳	7206	3906	2342	(百)馬韓 멸망	(漢)始建國-13			
18	丙寅	7215	3915	2351	高3.大武神 世宗-44(27)	2716			
20	庚辰	7217	3917	2353		(新)地節-22			
22	壬午	7219	3919	2355	(東)曷思-68(3대47년)	2720			
23	癸未	7220	3920	2356		(漢)更始-25	15.更始帝-25(2)		
24	甲申	7221	3921	2357	新3.儒理-56(33)	2722			

西紀	干支	한기 (桓紀)	개천 (開天)	단기 (檀紀)	한국	黃帝 紀元	中國	日本	世界
25	乙酉	7222	3922	2358		(後漢)建 武 -56 (後漢)建 世 -26 (後漢)龍 興 -26	16.光武帝-57(33)		
28	戊子	7225	3925	2361	百2.多婁-76(49)	2726			
37	丁酉	7234	3934	2370	樂浪國 멸망	2735			
42	壬寅	7239	3939	2375	**伽倻** 1.金首露-199(158)	2740			
44	甲辰	7241	3941	2377	高4.閔中 中宗-48(5)	2742			
46	丙午	7243	3943	2379	昔脫解-伽倻 침입	2744			
48	戊申	7245	3945	2381	高5.慕本 德宗-53(6) 許黃玉 伽倻 도착	2747			
53	辛亥	7250	3950	(高)隆武	高6.太祖 世祖 -146(94)	2752			
56	丙辰	7253	3953	2389		(後漢)建 武中元- 57 (後漢)中 元(2)			
57	丁巳	7254	3954	2390	新4.脫解-79(23)	2755	17.明帝-75(18)		
58	戊午	7255	3955	2391		(後漢) 永平 -75			
59	己未								
65	乙丑	7262	3962	2398	金閼知 慶州 진출	2763			
68	戊辰	7265	3965	2401	(東)椽那部 -494(427)	2766			

西紀	干支	한기 (桓紀)	개천 (開天)	단기 (檀紀)	한국	黃帝 紀元	中國	日本	世界
71	辛未	7268	3968	2404		2769		12.景行 -130(60)	
75	乙亥	7272	3972	2408		2773	18.章帝-88(13)		
76	丙子	7273	3973	2409			(後漢)建 初 -84		
77	丁丑	7274	3974	2410	百3.己婁-127(51)	2775			
80	庚辰	7277	3977	2413	新5.婆娑-111(32)	2778			
84	甲申	7281	3981	2417			(後漢)元 和 -87		
87	丁亥	7284	3984	2420			(後漢)章 和 -88		
88	戊子	7285	3985	2421		2786	19.和帝-105(17)		
89	己丑	7286	3986	2422			(後漢)永 元 -105		
105	乙巳	7302	4002	2438			(後漢)元 興(1)	20.殤帝-106(1)	
106	丙午	7303	4003	2439			(候한)延 平(1)	21.安帝-125(19)	
107	丁未	7304	4004	2440			(後漢)永 初 -113		
112	壬子	7309	4009	2445	新6.祗摩-133(22)	2810			
114	甲寅	7311	4011	2447			(後漢)元 初 -120		
120	庚申	7317	4017	2451			(後漢)永 寧 -121		
121	辛酉	7318	4018	2452			(後漢)建 光 -122		

西紀	干支	한기 (桓紀)	개천 (開天)	단기 (檀紀)	한국	黃帝 紀元	中國	日本	世界
122	壬戌	7319	4019	2453		(後漢)延 光 -125			
125	乙丑	7322	4022	2456		2823	22.順帝-144(19)		
128	戊辰	7325	4025	2461	百4.蓋婁-165(38)	2826			
131	辛未	7328	4028	2464		2829		13.成務 -190(60)	
134	甲戌	7331	4031	2467	新7.逸聖-153(20)	2832			
136	丙子	7333	4033	2469		(後漢)永 和 -141			
142	壬午	7339	4039	2475		(後漢)漢 安 -143			
144	甲申	7341	4041	2477		(後漢)建 康(1)	23.沖帝-145(1)		
145	乙酉	7342	4042	2478		(後漢)永 嘉(1) (後漢)元 嘉(1)	24.質帝-146(1)		
146	丙戌	7343	4043	2479	高7.次大 賢宗 -165(20)	(後漢)本 初(1)	25.桓帝-167(21)		
147	丁亥	7344	4044	2480		(後漢)建 和 -149			
150	庚寅	7347	4047	2483		(後漢)和 平(1)			
154	甲午	7351	4051	2487	新8.阿達羅-183(30)	2852			
162	壬寅	7359	4059	2495	(伽)2.居登攝政 -199(37)	2860			
165	乙巳	7362	4062	2498	高8.新大 仁宗 -179(15) 百5.肖古-213(48)	2863			
167	丁未	7364	4064	2500		2865	26.靈帝-189(22)		

부록

西紀	干支	한기 (桓紀)	개천 (開天)	단기 (檀紀)	한국	黃帝 紀元	中國	日本	世界
179	己未	7376	4076	2512	高9.故國川 文宗 -197(19)	2877			
184	甲子	7381	4081	2517	新9.伐休-195(12)	2882			
189	己巳	7386	4086	2522	(伽)許黃玉 崩	2887	弘農王(1)		
190	庚午	7387	4087	2523		2888	27.獻帝-220(31)		
192	壬申	7389	4089	2525		2890		14.仲哀 -200(9)	
194	甲戌	7391	4091	2527	(高) 賑貸法 실시	2892			
196	丙子	7393	4093	2529	新10.奈解-229(34)	2894			
197	丁丑	7394	4094	2530	高10.山上 睿租 -227(31)	2895			
200	庚辰	7397	4097	2533	(伽)2.居登-253(54)	2898			
201	辛巳	7398	4098	2534		2899		耶馬台國 神功-269(69)	
214	甲午	7411	4111	2547	百6.仇首-233(20)	2912			
220	庚子	7417	4117	2553		2918	魏1.文帝-226 28.蜀 (1)昭烈帝-223(3)		
222	壬寅	7419	4119	2555		2920	吳1.大帝-252		
223	癸卯	7420	4120	2556		2921	29.(2)後帝 -263(41) 29대 469년간		
227	丁未	7424	4124	2560	高11.東川 明宗 -248(22)	2925	魏2.明帝-239		
230	庚戌	7427	4127	2563	新11.助賁-246(17)	2928			
232	壬子	7429	4129	2565		(吳) 嘉禾-2 38			

西紀	干支	한기 (桓紀)	개천 (開天)	단기 (檀紀)	한국	黃帝 紀元	中國	日本	世界
234	甲寅	7431	4131	2567	百7.沙伴-234(1) 百8.古爾-285(52)	2932			
237	丁巳	7434	4134	(百)泰和?		2935			
240	庚申	7437	4137	2573		2938	魏3.齊王-253		
247	丁卯				新12.沾解-261(15)				
248	戊辰				高12.中川 英宗 -270(23)				
249	己巳					(魏) 嘉平-2 53			
252	壬申	7449	4149	2585		2950	吳2.會稽王-257		
254	戊戌				(伽)3.麻品-291(36)		魏4.高貴鄉公-259		
256	丙子					(魏) 甘露-2 60			
258	戊寅						吳3.景帝-263		
260	庚辰	7457	4157	2593		2958	魏5.元帝-265 5대46년간		
262	壬午				新13.味鄒-283(22)				
264	甲申						吳4.烏程公-280 4대 52년간		
265	乙酉					(吳) 甘露-2 66	晉 1.武帝 (司馬炎)-290		
270	庚寅	7467	4167	2603	高13.西川 正宗 -292(23)	2968		15.應神 -310(41)	
284	甲辰	7481	4181	2617	新14.儒禮-297(14)	2982			
286	丙午				百9.責稽-297(12)				

西紀	干支	한기 (桓紀)	개천 (開天)	단기 (檀紀)	한국	黃帝 紀元	中國	日本	世界
290	庚戌	7487	4187	2623		2988	2.惠帝-306		
291	辛亥				(伽)4.居叱彌 -346(56)				
292	壬子				高14.烽上 永宗 -300(9)				
298	戊午				新15.基臨-309(12)				
298	戊午				百10.汾西-303(6)				
299	**己未**								
300	庚申	7497	4197	2633	高15.美川 高宗 -331(32)	2998			
302	壬戌						**成(糉)**1.李特-303		
303	癸亥						成2.武帝雄-330		
304	甲子				百11.比流-343(40)		**前趙(흉노)**1.光文帝		
306	丙寅						3.懷帝-312		
310	庚午	7507	4207	2643	新16.訖解-355(46)	3008	前趙2.李和 前趙3.昭武帝		
311	辛未					(北漢)嘉 平 -314			
313	癸酉						4.愍帝-316 **前凉(漢)**1.西平公	16.仁德 -399(87)	
314	甲戌						前凉2.西平元公		
317	丁丑						5.元帝-322		
318	戊寅						前趙4.隱帝 前趙5.劉曜-329 5대 26년간		
320	庚辰	7517	4217	2653		3018	前娄3.娄成烈王		
323	癸未						6.明帝-325		

西紀	干支	한기 (桓紀)	개천 (開天)	단기 (檀紀)	한국	黃帝 紀元	中國	日本	世界
324	甲申						前燕4.燕文王-345		
326	丙戌						7.成帝-342		
329	己丑	7526	4226	2662		3027	趙(厘)1.明帝-333		
331	辛卯	7528	4228	2664	高16.故國原 新宗 -371(41)	3029			
333	癸巳						後趙2.廢帝		
334	甲午						成3.哀帝班(1) 成4.廢帝期-337 後趙3.武帝-349 前秦(樂)1.景明帝		
338	戊戌						成5.昭文帝(漢)		
343	癸卯	7540	4240	2676		3041	8.康帝-344 漢6.歸義侯-347 6대 46년간		
344	甲辰				百12.契-345(2)				
345	乙巳						9.穆帝-361 前燕5.西平敬烈公		
346	丙午				百13.近肖古 -374(29) (伽)5.伊尸品 -407(61)	(성)嘉寧 (1)			
349	己酉						後趙4.廢帝 後趙5.遵 後趙6.鑑-350 前燕(선비)1.景昭帝		
350	庚戌	7547	4247	2683		3048	後趙7.祇 後趙8.猪閔-352 8대 34년간		
352	壬子						前燕6.西平哀公 前燕7.燕廢王-355		
355	乙卯						前秦2.廢帝-357 前燕8.西平猛公		

西紀	干支	한기 (桓紀)	개천 (開天)	단기 (檀紀)	한국	黃帝 紀元	中國	日本	世界
356	丙辰				新17.奈勿-401(46)				
357	丁巳						前秦3.宣昭帝-385		
359	己未					(前秦)甘 露 -364			
360	庚申	7557	4257	2693		3058	前燕2.幽帝-370 2대 22년간		
362	壬戌						10.哀帝-365		
363	癸亥						前婁9.婁王-376 9대 64년간		
366	丙寅						11.廢帝-370		
371	辛未	7568	4268	2704	高17.小獸林 昭宗 -384(14)	3069	12.簡文帝-372		
373	癸酉						13.孝武帝-396		
375	乙亥				百14.近仇首-383(9)				
384	甲申	7581	4281	2717	高18.高國壤 穆宗 -391(8) 百15.枕流-384(1)	3082	後燕(선비)1.成武帝 後秦(羌)1.武昭帝		
385	乙酉乙 酉				百16.辰斯-391(7)	(西燕)更 始(1)	西燕(선비)1.威帝 2.忠 3.永-394 3대 10년간 前秦4.哀帝-386 西秦(선비)1.宣烈王		
386	丙戌	7583	4283	2719		3084	前秦5.高帝-394 北魏1.道武帝-409		
388	戊子	7585	4285	2721		3086	西秦2.武元王-412		
391	辛卯	7588	4288	(高)永樂	高19.廣開土 聖祖 -412(22)	3089			
392	壬辰				百17.阿莘-404(13)				
393	癸巳						後秦2.文桓帝-416		

西紀	干支	한기 (桓紀)	개천 (開天)	단기 (檀紀)	한국	黃帝 紀元	中國	日本	世界
394	甲午						前秦6.崇 6대61년간		
396	丙申						後燕2.惠閔帝-398 **後涼(樂)**1.懿武帝		
397	丁酉						14.安帝-418 **南涼**(선비)1.武王 **北涼**(흉노)1.段業		
398	戊戌						後燕3.昭武帝-401 **南燕**(선비)1.獻武帝 後涼2.隱王 3.靈王-400		
399	己亥						南涼2.康王-402		
400	庚子	7597	4297	2733		3098	後涼4.隆-403 4대 7년간 **西涼(漢)**1.涼公	17.履中 -405(6)	
401	辛丑						後燕4.昭文帝-407 北涼2.武宣王-433		
402	壬寅				新18.實聖-416(15)		南涼3.景王-414 3대 18년간		
405	乙巳				百18.腆支-419(15)		南燕2.超-410 2대 13년간		
406	丙午							18.反正 -411(6)	
407	丁未				(伽)6.坐知-421(15)		後燕5.惠懿帝-408 5대 25년 **夏(흉노)**1.武烈帝		
408	戊申					(南涼) 嘉平 -414			
409	己酉						**北燕(漢)**1.文成帝 北魏2.明元帝-423		
412	壬子	7609	4309	(高)建興	高20.長壽 肅宗 -491(80)	3100	西秦3.文昭王-428	19.允恭 -453(42)	
413	癸丑	7610	4310	2746		3101			
416	丙辰						後秦3.泓-417 3대 34년간		

부록

西紀	干支	한기 (桓紀)	개천 (開天)	단기 (檀紀)	한국	黃帝 紀元	中國	日本	世界
417	丁巳				新19.訥祗-457(41)		西姕2.歆-420		
418	戊午						15.恭帝(1) 15대 154년간		
420	庚申	7617	4317	2753	百19.久爾辛-426(7)	3118	宋1.武帝-422 西姕3.恂-421 3대 22년간		
421	辛酉				(伽)7.吹希-451(30)				
422	壬戌						宋2.少帝-424		
423	癸亥						北魏3.太武帝-452		
424	甲子						宋3.文帝-453		
425	乙丑						夏2.昌-428		
427	丁卯				百20.毗有-454(28)				
428	戊辰	7625	4325	2761		3126	西秦4.暮末-431 4대 47년간 夏3.定-432 3대 26년간		
431	庚午	7628	4328	2764		3129	北燕2.昭成帝-436 2대 28년간		
433	癸酉						北姕3.哀王-439 3대 43년간		
451	辛卯	7648	4348	2784	(伽)8.銍知-492(41)	3149			
452	壬辰						北魏4.南安王 5.文成帝-465		
453	癸巳						宋4.孝武帝-464		
454	甲午							20.安康 -456(3)	
455	乙未				百21.蓋鹵-474(20)				
457	丁酉							21.雄略 -479(23)	

西紀	干支	한기 (桓紀)	개천 (開天)	단기 (檀紀)	한국	黃帝 紀元	中國	日本	世界
458	戊戌				新20.慈悲-478(21)				
464	甲辰	7661	4361	2797		3162	宋5.前廢帝-465		
465	乙巳						宋6.明帝-472 北魏6.獻文帝-471		
471	辛亥	7668	4368	2804		3169	北魏7.孝文帝-499		
472	壬子						宋7.後廢帝-477		
475	乙卯				百22.文周-476(2), 熊津천도				
477	丁巳				百23.三斤-478(2)		宋8.順帝-479		
479	己未				百24.東城-500(22) 新21.炤知-499(21)		齊1.高帝-482		
480	庚申	7677	4377	2813		3178		22.淸寧 -484(5)	
482	辛酉						齊2.武帝-493		
485	乙丑							23.顯宗 -487(3)	
488	戊辰							24.仁賢 -498(11)	
491	辛未	7688	4388	(高)明治	高21.文咨 成宗 -519(29)	3189			
492	壬申	7689	4389		(伽)9.金甘知 -521(30)	3190			
493	癸酉						齊3.鬱林王-494		
494	甲戌						齊4.海陵主(1) 齊5.明帝-498		
498	戊寅						齊6.東昏侯-501		
499	己卯						北魏8.宣武帝-515		
500	庚辰	7697	4397	2833	新22.智證-513(14)	3198		25.武烈 -506(7)	

西紀	干支	한기 (桓紀)	개천 (開天)	단기 (檀紀)	한국	黃帝 紀元	中國	日本	世界
501	辛巳				百25.武寧-522(22)		齊7.和帝-502 梁1.武帝-549		
507	丁亥							26.繼體 -531(25)	
514	甲午	7711	4411	2847	新23.法興-539(26)	3212			
515	乙未						北魏9.孝明帝-528		
519	己亥				高22.安藏 晉宗 -531(13)				
522	壬寅	7719	4419	2855	(伽)10.九衡 -532(11) 10대 491년간.	3220			
523	癸卯				百26.聖-553(31)				
528	戊申						北魏10.孝莊帝		
530	庚戌	7727	4427	2863		3228	北魏11.敬帝		
531	辛亥		(高)延嘉		高23.安原 宣宗 -545(154)		北魏12.節閔帝 13.出帝	27.安閑 -535(2)	
532	壬子						北魏14.孝武帝-534 14대 49년간		
534	甲寅						東魏1.孝靜帝-550 1대 17년간		
535	乙卯						西魏1.文帝-551		
536	丙辰		(新)建元					28.宣化 -539(4)	
538	戊午				(百)南夫餘				
539	己未				新24.眞興-575(36)				
540	庚申	7737	4437	2873		3238		29.欽明 -571(32)	
545	乙丑	7742	4442	2878	高24.襄原 原宗 -559(15)	3243			

西紀	干支	한기 (桓紀)	개천 (開天)	단기 (檀紀)	한국	黃帝 紀元	中國	日本	世界
549	己巳						梁2.簡文帝-551		
550		7747	4447	2883		3248	北齊1.文宣帝-558		
551	辛未			(新)開國			梁3.豫章王-552 西魏2.廢帝-554		
552	壬申						梁4.元帝-554		
554	甲戌				百27.威德-597(44)		梁5.貞陽侯-555 西魏3.恭帝-556 3대 22년간		
555	乙亥						梁6.敬帝-557		
556	丙子						北周1.文帝 2.孝閔帝-557		
557	丁丑						陳1.武帝-559 北周3.孝明帝-560		
559	己卯			(高)大德	高25.平岡上 平宗 -590(32)		陳2.文帝-566 北齊2.廢		
560	庚辰	7757	4457	2893		3258	北周4.武帝-578 北齊3.孝昭帝		
561	辛巳				昌寧巡狩碑		北齊4.武成帝-564		
562	壬午				9月 大伽倻 멸망				
565	乙酉						北齊5.後主-576		
566	丙戌						陳3.臨海王-568		
568	戊子			(新)大昌	북한산비,황초령비,마 운령비		陳4.宣帝-582		
571	辛卯	7768	4468		마실(飮:曺)葛文王 生				
572	壬辰	7769	4469	(新)鴻齊		3270		30.敏達 -585(14)	
576	丙申				新25.眞智-578(3)				

西紀	干支	한기 (桓紀)	개천 (開天)	단기 (檀紀)	한국	黃帝 紀元	中國	日本	世界
577	丁酉						北齊6,幼主 6대 28년간		
578	丁酉						北周5.宣帝		
579	己亥				新26.眞平-631(53)		北周6.靜帝-581 6대 26년간		
581	辛丑	7778	4478	2914		3279	**隋** 1.文帝-604		
582	壬寅						陳5.後王-589		
584	甲辰			(新)建福					
586	丙午							31.用明 -587(2)	
588	戊申							32.崇峻 -592(5)	
590	庚戌	7787	4487	(高)弘武	高26.嬰陽 孝宗 -618(29)	3288		(591法興(1))	
593	癸丑							33.推古 -628(36)	
598	戊午				百28.惠-598(1)			(596法興(1))	
599	己未				百29.法-599(1)				
600	庚申	7797	4497	2933	百30.武-640(41)	3298			
603	癸亥	7800	4500	2936	金春秋 生. 淵蓋蘇文 生				
605	乙丑						2.煬帝-616		
616	丙子	7813	4513	2949		3314	3.恭帝-618 3대 38년간		
618	戊寅				高27.榮留 顯宗 -642(25)		**唐** 1.高祖-626	(621法興(1))	
627	丁亥	7824	4524	2960		3325	2.太宗-649		

西紀	干支	한기 (桓紀)	개천 (開天)	단기 (檀紀)	한국	黃帝 紀元	中國	日本	世界
629	己丑							34.舒明 -641(13)	
632	壬辰	7829	4529	2965	新27.善德女 聖祖皇 姑-647.1.8.(16).	3330			
634	甲午	7831	4531	(新)仁平	분황사	3332			
641	辛丑	7838	4538	2974	百31.義慈-660(20) 31대 678년간	3339			
642	壬寅			(高)開化	高28.寶藏 嬉宗 -668(27) 28대705년(34대 907년)			35.皇極 -644(3)	
645	乙巳				黃龍寺 완성			36.孝德 -654(10) (大化-650)	
647	丁未			(新)太(泰)和	新28.眞德-653(7) 瞻星臺 완성				
650	庚戌	7847	4547	2983		3348	3.高宗-683	(白雉-654)	
651	辛亥	7848	4548	2984	曹繼龍(金仁平) 卒 81 세				
654	甲寅				新29.武烈-660(7)				
655	乙卯							37.天豊 -661(7)	
657	丁巳				淵蓋蘇文 (603.5.10.~657. 55 세) 死				
660	庚申	7857	4557	2993	百濟 亡				
661	辛酉	7858	4558	2994	新30.文武-680(20) 百(32).豊-663(3)	3359		38.天智 -671(10)	
662	壬戌				(新) 耽羅 복속				
668	戊辰			(震)重光	後高句麗 1.世祖(大仲 象)-699(32)				
671	辛未	7868	4568	3004		3369		39.弘文 -672(1)	

西紀	干支	한기 (桓紀)	개천 (開天)	단기 (檀紀)	한국	黃帝 紀元	中國	日本	世界
672	壬申							40.天武 -686(15) (673-白鳳(1))	
676	丙子				唐 축출				
681	辛巳	7878	4578	3014	新31.神文-691(11)	3379			
684	甲申						4.中宗-709 則天武后690~705	(686朱鳥(1))	
687	丁亥							41.持統 -697(11)	
692	壬辰	7889	4589	3025	新32.孝昭-701(10)	3390			
697	丁酉							42.文武 -707(10)	
699	己亥		(震)天統		**大農國** 2.高(大祚 榮)-718(20)				
701	壬寅	7888	4588	3034	新33.聖德-736(35)	3389		(大寶-703) (704慶雲-707)	
708	戊申							43.元明 -714(7) (화동-714)	
710	庚戌	7897	4597	3043		3398	5.睿宗-712		
712	壬子						6.玄宗-756		
714	甲寅							44.元正 -723(9) (715靈龜-716)	
719	己未		(震)仁安		震3.武(光 宗)-736(18)			(717養老-723)	
724	甲子	7911	4611	3057		3412		45.聖武 -748(25) (神龜-728)	
725	乙丑				상원사 종			(729天平-748)	

西紀	干支	한기 (桓紀)	개천 (開天)	단기 (檀紀)	한국	黃帝 紀元	中國	日本	世界
737	丁丑	7924	4623	(震)大興	新34.孝成-741(5) 震4.文(世 宗)-792(56)	3425			
742	壬午	7929	4629	3075	新35.景德-764(23)	3430			
749	己丑							46.孝謙 -758(10) (天平感寶)	
757	丁酉	7944	4644	3090		3445	7.肅宗-762	(天平寶字-764)	
759	己亥							47.淳仁 -763(5)	
763	癸卯	7950	4650	3096		3451	8.代宗-779		
764	甲辰							48.稱德 -769(6)	
765	甲辰				新36.惠恭-779(15)			(天平神護-766) (767神護景雲 (20	
770	庚戌	7957	4657	3103		3458		49.光仁 -780(11) (寶龜-780)	
780	庚申	7967	4647	3113	新37.宣德-784(5)	3468	9.德宗-804	50.桓武 -805(25) (781天應-782) (782延曆-805)	
785	乙丑	7982	4682	3118	新38.元聖-798(14)	3483			
793	癸酉	7990	4690	3126	震5.廢(元義)-793(1)	3491			
794	甲戌			(震)中興	震6.成(華興)(仁 宗)-794(1)				
795	乙亥			(震)正曆	震7.康(崇璘)(穆 宗)-808(14)				
799	己卯				新39.昭聖-799(1)				

西紀	干支	한기 (桓紀)	개천 (開天)	단기 (檀紀)	한국	黃帝 紀元	中國	日本	世界
800	庚辰	7997	4697	3133	新40.哀莊-808(9)	3498			
805	乙酉						10.順宗(1)		
806	丙戌						11.憲宗-820	51.平城 -809(4) (대동-809)	
809	己丑			(震)永德	新41.憲德-825(17) 震8.定(元兪)(毅 宗)-812(4)			52.嵯峨 -823(15) (弘仁-823)	
813	癸巳	8010	4710	(震)朱雀	震9.僖(言義)(康 宗)-817(7)	3511			
818	戊戌			(震)太始	震10.簡(明忠)(哲 宗)-819(2)				
820	庚子	8017	4717	(震)建興	震11.宣(仁秀)(聖 宗)-829(10)	3518			
821	辛丑						12.穆宗-824		
824	甲辰							53.淳和 -833(10) (天長-8330	
825	乙巳						13.敬宗-826		
826	丙午				新42.興德-835(10)				
827	丁未						14.文宗-840		
828	戊申				淸海鎭 설치				
830	庚戌	8027	4727	(震)咸和	震12.和(彝震)(莊 宗)-857(28)	3528			
834	甲寅							54.仁明 -850(17) (承和-847)	
836	丙辰				新43.僖康-837(2)				
838	戊午				新44.閔哀-838(1)				

西紀	干支	한기 (桓紀)	개천 (開天)	단기 (檀紀)	한국	黃帝 紀元	中國	日本	世界
839	己未				新45.神武-839(1) 新46.文聖-856(18)				
840	庚申	8037	4737	3173		3538	15.武宗-846		
847	丁卯						16.宣宗-859	(848嘉祥-850) (851仁壽-853) (854齊衡-856) (857天安-858) (859貞觀-876)	
851	辛未	8048	4748	3184	淸海鎭 폐지	3549		55.文德 -858(8)	
857	丁丑				新47.憲安-860(4)				
858	戊寅			(震)大定	震13.安(虎晃)(順 宗)-869(12)				
859	己卯							56.淸和 -876(18)	
860	庚辰	8057	4757	3193		3558	17.懿宗-873		
861	辛巳				新48.景文-874(14)				
870	庚寅	8067	4767	(震)天福	震14.景(鉉錫)(明 宗)-900(31)	3568			
874	甲午						18.僖宗-888		
875	乙未				新49.憲康-885(11)				
877	丁酉							57.陽成 -884(8) (元慶-884)	
885	乙巳	8082	4782	3218		3583		58.光孝 -887(3) (仁和-888)	
886	丙午				新50.定康-886(1)				
887	丁未				新51.眞聖女 -896(10)			59.宇多 -897(10)	
889	己酉						19.昭宗-903	(889寬平-897)	

西紀	干支	한기(桓紀)	개천(開天)	단기(檀紀)	한국	黃帝紀元	中國	日本	世界
892	壬子	8089	4789	3225	後百濟 1.甄萱-935(44)	3590			
897	丁巳	8094	4794	3230	新52.孝恭-911(15)	3585		60.醍醐-930(4)	
901	辛酉	8098	4798	(震)淸泰	後高句麗 1.弓裔-917(17) 1대 17년간. 震15.哀(諲譔)-926(26) 15대 259년	3599	前蜀1.王建-918		
902	壬戌						吳1.楊行密-904		
904	甲子			(摩)武泰	摩震(궁예)-910		20.哀宗-907 20대 290년간		
905	乙丑			(摩)聖冊			吳2.楊渥-908		
907	丁卯				遼(거란) 1.太祖(耶律阿保機)-925		後梁1.太祖-912		
908	戊辰						吳越1.錢鏐-931		
909	己巳						吳3.楊隆演-920 閩1.王審知-925		
911	辛未	8108	4808	(泰)水德 萬歲	泰封(궁예)-917	3609			
912	壬申				新53.神德-916(5)				
913	癸酉						後梁2.末帝-922 2대 16년간		
914	甲戌			(泰)政開					
916	丙子			(遼)神冊			西漢1.劉橫-941		
917	丁丑				新54.景明-923(7)				
918	戊寅			(高)天授	**高麗** 1.太祖(王 建)-943(26)				

西紀	干支	한기 (桓紀)	개천 (開天)	단기 (檀紀)	한국	黃帝 紀元	中國	日本	世界
919	己卯						前蜀2.王衍-925 2대 25년간		
921	辛巳	8118	4818	3254		3619	吳4.楊溥-936 4대 15년간		
922	壬午	8119	4819	(遼)天贊					
923	癸未						**後唐**1.莊宗-925		
924	甲申				新55.景哀-926(3)				
925	乙酉						德2.王延翰-916 **荊南**1.高季興-928		
926	丙戌			(遼)天顯 (丹)甘露	(遼)大震國 滅 (遼) 東丹國 1.人皇王(耶律 倍)-952(27)		後唐2.明宗-933 **楚**1.馬殷-929 德3.王延鈞-935		
927	丁亥			(遼)天顯	新56.敬順-935(9) 56대 992년간. 遼2.太宗-947 **定安國**-985(59)) 1.烈萬華 2.烏玄明				
928	戊子						荊南2.高從誨-948		
930	庚寅	8127	4827	3263		3628	楚2.馬希聲-931		
932	壬辰						楚3.馬希範-946 吳越2.錢元瓘-940	이하생략	
933	癸巳						後唐3.閔宗-934		
934	甲午	8131	4831	3267		3632	後唐4.廢帝-936 4대 12년간 **後蜀**1.孟知祥(1)		
935	乙未	8132	4832	3268	新羅 멸망	3633	後蜀2.孟昶-965 2대 32년간 德4.王昶-939		

西紀	干支	한기 (桓紀)	개천 (開天)	단기 (檀紀)	한국	黃帝 紀元	中國	日本	世界
936	丙申				後百2.神劍-936(1) 2대45년간.		**後晉**1.高祖-942 後蜀2.맹창-965 2대 32년간		
937	丁酉						**南唐**1.李昇-942		
939	己亥			(遼)회동			憶5.王曦-942		
941	辛丑	8138	4838	3274		3639	吳越3.錢弘佐-946		
942	壬寅						西漢2.劉猎 憶6.王延政(大殷國) 6대 36년간		
943	癸卯						後晉2.出帝-946 2대 11년간 南唐2.李璟-960 西漢3.劉晟-957		
944	甲辰				高2.惠宗(武)-945(2)				
946	丙午				高3.定宗(堯)-949(4)		楚4.馬希廣-949		
947	丁未			(遼)大同 (遼)天祿	契丹→)遼3.世宗 -951		**後漢**1.高祖(1) 吳越4.錢弘倧(1)		
948	戊申						後漢2.隱帝-950 吳越5.錢弘林-978 5대 71년간 荊南3.高保融-960		
950	庚戌	8147	4847	(高)光德 -975	高4.光宗-975(26)	3648	楚5.馬希棋(1)		
951	辛亥			(遼)應曆	遼4.穆宗-967		**後周**1.太祖-953 楚5.馬希崇(1) 5대 26년간 **北漢**1.劉崇-954		
952	壬子				(遼) 東丹國 폐지				
953	癸丑						後周2.世宗-958		
954	甲寅						北漢2.劉承鈞-968		

西紀	干支	한기 (桓紀)	개천 (開天)	단기 (檀紀)	한국	黃帝 紀元	中國	日本	世界
958	戊午						西漢4.劉鋹-971 4대 56년간		
959	己未						後周3.恭宗(1) 3대5년간		
960	庚申	8157	4857	(高)峻豊 -963		3658	宋 1.太祖-975 荊南4.高保泗-962		
961	辛酉						南唐3.李煜-975 3대 39년간		
962	壬戌						荊南5.高繼沖-963 5대 12년간		
968	戊辰	8165	4865	3301		3666	北漢3.劉繼恩(1) 4.劉繼元-979 4대 29년간		
969				(遼)保寧	遼5.景宗-982				
976	丙子	8173	4873	3309	高5.景宗-981(6)	3674	2.太宗-997		
979				(遼)乾亨					
982	壬午	8179	4879	3315	高6.成宗-997(16)	3680			
983				(遼)統和	遼6.聖宗-1031				
985	乙酉				遼-定安國 멸				
998	戊戌	8195	4895	3331	高7.穆宗-1009(12)	3696	3.眞宗-1022		
1010	庚戌	8207	4907	3343	高8.顯宗-1031(22)	3708			
1012				(遼)開泰					
1021				(遼)太平					
1023	癸亥	8220	4920	3356		3721	4.仁宗-1063		
1029	己巳			(興遼) 天慶	**興遼** 1.大延林 東京				

西紀	干支	한기 (桓紀)	개천 (開天)	단기 (檀紀)	한국	黃帝 紀元	中國	日本	世界
1031	辛未	8228	4928	(遼)景福	遼7.興宗-1055	3729			
1032	壬申			(遼)重熙	高9.德宗-1034(3)		西夏1.景宗-1048		
1035	乙亥				高10.靖宗 -1046(12)				
1047	丁亥	8244	4944	3380	高11.文宗 -1082(36)	3745			
1049	己丑						西夏2.毅宗-1067		
1055	乙未	8252	4952	(遼)清寧	遼8.道宗-1101	3753			
1064	甲辰	8261	4961	3397		3762	5.英宗-1067		
1065				(遼)咸雍					
1068	戊申						6.神宗-1085 西夏3.惠宗-1086		
1075				(遼)太康					
1083	癸亥	8280	4980	3416	高12.順宗-1083(1)	3781			
1084	甲子				高13.宣宗 -1094(11)				
1085				(遼)大安					
1086	丙寅						7.哲宗-1100		
1087	丁卯						西夏4.崇宗-1138		
1095	乙亥	8292	4992	(遼)壽昌	高14.獻宗-1095(1)	3793			
1096	丙子				高15.肅宗 -1105(10)				
1101	辛巳	8298	4998	(遼)乾統	遼9.天祚帝-1125 9대 210년간	3799	8.徽宗-1125		

西紀	干支	한기 (桓紀)	개천 (開天)	단기 (檀紀)	한국	黃帝 紀元	中國	日本	世界
1106	丙戌				高16.睿宗 -1122(17)				
1111					(遼)天慶				
1115	乙未	8312	5012		金(女眞) 1.太祖(金阿骨 打)-1123	3813			
1116	丙申				**大渤海國** 1.高永昌 東京				
1117					(金)天輔				
1121					(遼)保大				
1123	癸卯	8320	5020		高17.仁宗 -1146(24) 金2.太宗-1135	3821			
1125	乙巳				金->遼 멸망				
1126	丙午						9.欽宗(1)		
1127	丁未				金->宋 침입->南宋이 됨		南宋 10.高宗-1162		
1135	乙卯	8332	5032		(高)天開 (金)天會 金3.熙宗-1149	3833			
1138					(金)天卷				
1139	己未						西夏5.仁宗-1193		
1141					(金)皇統				
1145	乙丑	8342	5042	3478	三國史記 간행	3843			
1147	丁卯				高18.毅宗 -1170(24)				
1149	己巳				(金)天德 金4.帝亮-1161				

西紀	干支	한기 (桓紀)	개천 (開天)	단기 (檀紀)	한국		黃帝 紀元	中國	日本	世界
1153				(金)貞元						
1156				(金)正隆						
1161	辛巳	8358	5058	(金)大定	金5.世宗-1189		3859	11.孝宗-1189		
1171	辛卯	8368	5068	3504	高19.明宗 -1197(27)		3869			
1190	庚戌	8387	5087	(金)明昌	金6.章宗-1208		3888	12.光宗-1194		
1194	甲寅							西夏6.桓宗-1205		
1195	乙卯							13.寧宗-1224		
1196				(金)承安						
1198	戊午				高20.神宗-1203(6)					
1200				(金)泰和						
1204	甲子	8401	5101	3537	高21.熙宗-1211(7)		3902			
1206	丙寅	8403	5103	3539			3904	元(몽고) 1.太祖(鐵木眞) 西夏7.襄宗-1210		
1209	己巳	8406	5106	(金)大安	金7.永濟-1213		3907			
1211	辛未	8408	5108	3544			3909	西夏8.神宗-1222		
1212	壬申			(金)崇慶	高22.康宗-1213(2)					
1213	癸酉			(金)至寧 (金)貞祐	金8.宣宗-1223					
1214	甲戌				高23.高宗 -1259(46)					
1216	丙子				大眞國 1.포선만 노	大遼收國 1.야사부				

西紀	干支	한기 (桓紀)	개천 (開天)	단기 (檀紀)	한국	黃帝 紀元	中國	日本	世界
					東眞國				
1217				(金)興定					
1222				(金)元光					
1223	癸未	8420	5120	3556	金9.哀宗-1233	3921	西夏9.獻宗-1225		
1224	甲申			(金)正大					
1225	乙酉						14.理宗-1264		
1226	丙戌						西夏10.李睍-1227 10대 190년간		
1229	己丑						元2.太宗-1241		
1232				(金)開興 (金)天興					
1234	甲午	8431	5131	(金)盛昌	金10.末帝(1) 10대 120년간	3932			
1242	壬寅	8439	5139	3575		3940	元3.后 海迷失 -1245		
1246	丙午						元4.定宗-1248		
1249	己酉						元5.后 海迷失 -1250		
1251	辛未	8448	5148	3584		3949	元6.憲宗-1259		
1260	庚申	8457	5157	3593	高24.元宗 -1274(15)	(元) 中統	몽고-)元7.世 祖~1294		
1264						(元) 至元			
1265	乙丑						15.度宗-1274		
1275	乙亥	8472	5172	3608	高25.忠烈王 -1308(34)	3973	16.恭宗(1)		
1276	丙子						17.端宗-1277		

西紀	干支	한기 (桓紀)	개천 (開天)	단기 (檀紀)	한국	黃帝 紀元	中國	日本	世界
1278	戊寅						18.衛王-1279 18대 320년간		
1279	己卯						元-〉南宋 멸		
1295	乙未	8492	5192	3628		(元) 元貞	元8.成宗-1307		
1297						(元) 大德			
1308	戊申	8505	5205	3641		(元) 至大	元9.武宗-1311		
1309	己酉				高26.忠宣王 -1313(5)				
1312	壬子	8509	5209	3645		(元) 皇慶	元10.仁宗-1320		
1314	甲寅				高27.忠肅王 -1330(17)	(元) 延祐			
1321	辛酉	8518	5218	3654		(元) 至治	元11.英宗-1323		
1324	甲子					(元) 泰定	元12.晉宗-1328		
1328	戊辰					(元) 致和 (元) 天順 (元) 天曆	元13.天順帝(1) 元14.文宗		
1329	己巳					(元) 至順	元15.明宗(1) 元16.文宗-1332		
1331	辛未	8528	5228	3664	高28.忠惠王 -1332(2)	4029			
1332	壬申				高27.忠肅王 -1339(8)		元17.寧宗(1)		
1333	癸酉					(元) 元統	元18.順帝-1368 15대 163년간		
1335						(元) 至元			
1340	庚辰	8537	5237	3673	高28.忠惠王 -1343(5)	4038			

西紀	干支	한기 (桓紀)	개천 (開天)	단기 (檀紀)	한국	黃帝 紀元	中國	日本	世界
1341						(元) 至正			
1344	甲申				高29.忠穆王 -1348(4)				
1349	己丑				高30.忠定王 -1351(3)				
1352	壬辰	8549	5249	3685	高31.恭愍王 -1374(23)	4050			
1368	戊申	8565	5265	3701		(明)洪武	**明** 1.太祖(朱元章)~1398 *元=>北元		
1375	乙卯	8572	5272	3708	高32.禑王 -1388(14)	4073			
1388	戊辰	8585	5285	3721	高33.昌王-1388(1)	4086			
1389	己巳	8586	5286	3722	高34.恭讓王 -1392(4) 34대 475년간.	4087			
1392	壬申	8589	5289	3725	**朝鮮** 1.태조-1398(7) 2.정종 1399-1400(2) 3.태종 1401-1418(18) 4.세종 1419-1450(32) 5.문종 1451-1452(2) 6.단종 1453-1455(3) 7.세조 1455-1468(14) 8.예종 1469-1469(1) 9.성종 1470-1494(25) 10.연산군 1495-1506(12) 11.중종 1506-1544(39)	建文 永樂 洪熙 宣德 正統 景泰 天順 成化 弘治 正德 嘉靖 隆慶 萬曆	2.惠帝1398~1402 3.成祖1402~1424 4.仁宗1424~1425 5.宣宗1425~1435 6.英宗1435~1449 7.景宗1449~1457 6.英宗1457~1464 8.憲宗1464~1487 9.孝宗1487~1505 10.武宗 1505~1521 11.世宗 1521~1567 12.穆宗 1567~1572 13.神宗		

부록

西紀	干支	한기 (桓紀)	개천 (開天)	단기 (檀紀)	한국	黃帝 紀元	中國	日本	世界
							1572~1620		
						泰昌	14.光宗1620		
						天啓	15.熹宗 1620~1627		
					12.인종 1544-1545(1) 13.명종 1546-1567(22)	崇禎	16.毅宗 1627~1644		
					14.선조 1568-1608(41)		17.福王由崧 1644~1645		
					15.광조(광해 군)1609-1623(15)		18.唐王聿鍵 1645~1645		
					16.인조 1623-1649(27)		19.唐王聿𨮁 1645~1646		
					17.효종 1650-1659(10)		20.永明王 1646~1662		
					18.현종 1660-1674(15)		明 20대 294년간		
					19.숙종 1675-1720(46) 20.경종 1721-1724(4)	天命	**淸(後金)** 1.태조1616~1626 後金		
					21.영조 1725-1776(52)	天總 崇德	2.태종1626~1643 *1636淸		
					22.정조 1777-1800(24)	順治	3.세조1643~1661		
						康熙	4.성조1661~1722		
					23.순조 1801-1834(34)	擁正	5.세종1722~1735		
					24.헌종 1835-1849(15)	乾隆	6.고종1735~1795		
					25.철종 1850-1863(14)	嘉慶	7.인종1795~1820		
					26.고종 1864-1906(43)	道光	8.선종1820~1850		
						咸豊	9.문종1850~1861		
						同治	10.목종1861~1875		
						光緖	11.덕종1875~1908		
1894	갑오	9091	5791	開國(4)	개국503년-506(4)	4592			

西紀	干支	한기 (桓紀)	개천 (開天)	단기 (檀紀)	한국	黃帝 紀元	中國	日本	世界
1896	丙申	9093	5793	建陽(1)		4594			
1897	丁酉	9094	5794	光武-19 06(10)		4595			
1907	丁未	9104	5804	隆熙-19 10(4)	27.순종 1907~1910(4) 27대519년간	4605			
1908	戊申	9105	5805	4241		宣統	12.공종 선통제 1908~1912 淸 12대 297년간		
1910	庚戌	9107	5807	4243	왜구폭정 기~1945.8.15.(36)	4608			
1912	壬子	9109	5809	4245		4610	中華民國		
1919	己未	9116	5816	4252	대한민국임시정부 -1948(30)	4617			
1932	壬申	9129	5829	4265		(滿)大同 -1933(2)	滿洲 1.金溥儀-1933(2)		
1934	甲戌	9131	5831	4267		(滿)康德 -1945(12)	滿2.溥儀皇帝 (-1945(12) 2대 14년간		
1945	乙酉	9142	5842	4278	光復	4643			
1948- 1998	戊子	9145- 9195	5845 - 5895	4281- 4331	대한민국	4646- 4696			
2012	壬辰	桓紀92 09	開天5 909	檀紀434 5	天符 72390年	4710	그리스기원 7610년 수메르(아담)기원 6020년 유다기원 5772년 인도기원 5114년 왜 기원 2872년		

단군조선 제왕 명호 및 재위년수 비교

제왕	제왕 명호 단군세기-단기고사	재위년수 단군세기	재위년수 단기고사
1	단군 왕검 天帝	93	93
2	부루 天王	58	58
3	가륵	45	45
4	오사구	38	38
5	구을	16	16
6	달문	36	36
7	한율(翰栗) – 한속(翰粟)	54	54
8	우서한(오사함)	8	8
9	아술	35	35
10	노을	59	58
11	도해	57	58
12	아한	52	52
13	홀달(대음달)	61	61
14	고불	60	60
15	대음(代音,후흘달) – 벌음(伐音)	51	51
16	위나	58	58
17	여을	68	68
18	동엄	49	49
19	구모소(緱牟蘇) – 종년(從年)	55	55
20	고홀	43	43
21	소태	52	52
22	색불루	48	48
23	아홀	76	76
24	연나	11	11

제왕	제왕 명호 단군세기–단기고사	재위년수 단군세기	재위년수 단기고사
25	솔나	88	39+50–1
26	추로	65	65
27	두밀	26	26
28	해모	28	28
29	마휴	34	34
30	내휴	35	35
31	등올	25	25
32	추밀	30	30
33	감물	24	24
34	오루문	23	23
35	사벌	68	68
36	매륵	58	58
37	마물	56	56
38	다물	45	45
39	두홀	36	36
40	달음	18	18
41	음차	20	20
42	을우지	10	10
43	물리	36	25
44	구물	29	40
45	여루	55	55
46	보을	46	46
47	고열가	58	58
공화정	오가연정	6	
합		2,102년(2,096년)	2,096년

번한(번조선, 기자(箕子)조선) 재위년수 비교

제왕	제왕 명호	재위년수 삼한관경본기 번한세가	재위년수 단기고사 (箕子조선)
1	치두남	22	
2	낭야	73	
3	물길	50	
4	애친		
5	도무		
6	호갑	26	
7	오라	57	
8	이조	40	
9	거세	15	
10	자오사	14	
11	산신	53	
12	계전	29	
13	백전	38	
14	중전	56	
15	소전	43	
16	사엄		
17	서한		
18	물가	4	
19	막진	46	
20	진단	66	
21	감정	18	
22	소밀		
23	사두막		
24	갑비		

제왕	제왕 명호	재위년수 삼한관경본기 번한세가	재위년수 단기고사 (奇子조선)
25	오립루		
26	서시		
27	안시	41	
28	해모라	19	
29	소정	43	
30	서우여(徐于余, 西余)-서여(西余)	61	61
31	아락	40	40
32	솔귀	47	48
33	임나	32	31
34	노단	13	13
35	마밀	18	18
36	모불	20	20
37	을나	40	40
38	마휴	2	2
39	등나	29	29
40	해수	17	10
41	물한	(세자)	21
42	오문루	12	48
43	누사	28	28
44	이벌	26	26
45	아륵	64	28
46	마휴(마목)	51	23
47	다두	33	43
48	내이	30	20
49	차음	10	10
50	불리	60	36
51	여을	5	29
52	엄루	28	28

제왕	제왕 명호	재위년수 삼한관경본기 번한세가	재위년수 단기고사 (奇子朝鮮)
53	감위	6	6
54	술리	10	10
55	아갑	15	15
56	고태	14	14
57	소태이 – 소태	18	18
58	마건	11	11
59	천한	10	10
60	노물	15	15
61	도을	15	15
62	술휴	36	34
63	사량	18	18
64	지한	15	15
65	인한	38	38
66	서울(西蔚) – 서위(西尉)	25	25
67	가색	34	58
68	해인 – 산한	1	18
69	수한	18	50
70	기후	8	
71	기욱	25	
72	기석	39	
73	기윤	19	
74	기비(箕丕) – 기부(箕否)	11	46
75	기준(箕準) – 마한(馬韓)	28	25
합		2,140년 (1,092년)	1,093년

한국 제왕(帝王) 역대표

1. 전한국(前桓國) 시대 (三神, 天帝)

제왕	재위 연수	제왕 명호	서력
대수 미상	선천시대(先天時代) 43,200년		서기전 113578년 ~서기전 70379년
대수 미상	중천시대(中天時代) 43,200년 麻姑城	마고(麻姑) 삼신	서기전 70378년 계해년 ~서기전 27179년
대수 미상	후천시대(後天時代) 19,982년 麻姑城	황궁씨(黃穹氏) 천제	서기전 27178년 ~서기전 7197년
	마고성 시대 합 63,182년		➤ 한국(桓國)

2. 천산(天山) 한국(桓國)시대 (天帝)

제왕	재위 연수	제왕 명호	서력
대수 미상	약 1,100년 天山(천산산맥)	황궁씨(黃穹氏)	서기전 7197년 갑자년 ~서기전 6100년경
대수 미상	약 1,100년 天山(알타이산?)	유인씨(有因氏)	서기전 6100년경 ~서기전 5000년경
1	약 157년	안파견 한인(桓因) 천제	서기전 5000년경~
2	약 157년	혁서 한인	
3	약 157년	고시리 한인	

제왕	재위 연수	제왕 명호	서력
4	약 157년	주우양 한인	
5	약 157년	석제임 한인	
6	약 157년	구을리 한인	
7	약 157년	지위리 한인(단인)	~서기전 3897년 합 약 1,100년
	합 3,301년		➤ 단국(檀國)

3. 단국(檀國, 박달나라, 배달나라) 시대 (天王)

- 태백산 신시시대 : 서기전 3897년~서기전 2706년경

- 청구시대 : 서기전 2706년경~서기전 2333년

제왕	재위 연수	제왕 명호	서력
1	94	거발한 한웅 천왕	서기전 3897년 갑자년 ~서기전 3804년 (太白山 神市)
2	86	거불리 한웅	서기전 3803년~서기전 3718년
3	99	우야고 한웅	서기전 3717년~서기전 3619년
4	107	모사라 한웅	서기전 3618년~서기전 3512년
5	93	태우의 한웅	서기전 3511년~서기전 3419년
6	98	다의발 한웅	서기전 3418년~서기전 3321년
7	81	거련 한웅	서기전 3320년~서기전 3240년
8	73	안부련 한웅	서기전 3239년~서기전 3167년
9	96	양운 한웅	서기전 3166년~서기전 3071년
10	100	갈고 한웅(독로한)	서기전 3070년~서기전 2971년
11	92	거야발 한웅	서기전 2970년~서기전 2879년
12	105	주무신 한웅	서기전 2878년~서기전 2774년
13	67	사와라 한웅	서기전 2773년~서기전 2707년
14	109	자오지 한웅(치우)	서기전 2706년~ 靑邱~서기전 2598년
15	89	치액특 한웅	서기전 2597년~서기전 2509년

제왕	재위 연수	제왕 명호	서력
16	56	축다리 한웅	서기전 2508년~서기전 2453년
17	72	혁다세 한웅	서기전 2452년~서기전 2381년
18	48	거불단 한웅(단웅)	서기전 2380년~서기전 2333년
	1,565		➡ 조선(朝鮮, 단군조선)

3-1. 배달나라 제후국 – 제견(諸甽 : 견족 : 견이) (可汗 : 天子)

제왕	재위 연수	제왕 명호	서력
1	미상	반고(盤固) 가한(可汗)	서기전 3897년경~ (삼위산)
대수미상			
			견족 => 돌궐(터키)

3-2. 배달나라 군후국 – 진제국(震帝國) (帝 : 天君, 天子)

제왕	재위 연수	제왕 명호	서력
1	115(150)	태호복희 천군 (모사라 한웅 弟)	서기전 3528년 계유년 ~서기전 3413년 (陳)
2	130	여와(女媧) 천군	서기전 3413년~서기전 3283년
3		공공(共工) 천자	서기전 3283년~
4		대정(大庭)	曲阜
5		백황(栢皇)	
6		중앙(中央)	
7		역륙(歷陸)(栗陸)	
8		여연(驪連)	
9		혁서(赫胥)	
10		존려(尊廬)	
11		혼돈(混沌)	
12		호영(昊英)	

제왕	재위 연수	제왕 명호	서력
13		주양(朱襄)	六書
14		갈천(葛天)	
15		음강(陰康)	
16		무회(無懷)	~서기전 3218년
	310년		➤ 염제신농국

3-3. 배달나라 제후국 – 유웅국(有熊國) (帝 : 天子)

제왕	재위 연수	제왕 명호	서력
1		소전씨(少典氏)	서기전 3242년 기미년~(姜水)
대수 미상			
		공손씨(公孫氏)	서기전 2770년경~서기전 2698년(軒邱)
1	100	黃帝 헌원(姬)	서기전 2698년~서기전 2599년(탁록)
2	84	소호금천(己)(白帝후손)	서기전 2598년~서기전 2514년
3	78	전욱 고양(高陽)(姬)	서기전 2514년~서기전 2436년(고양)
4	70	제곡 고신(高辛)(姬)	서기전 2436년~서기전 2366년(고신)
5	9	제지(帝摯)(姬)	
6	73	제요 도당(陶唐)(伊祁)	서기전 2383년경~서기전 2357년(陶) 서기전 2357년~서기전 2284년(平陽)
			➤ 우순(虞舜), 하은주(夏殷周)

3-4. 배달나라 제후국 – 염제신농국 및 단웅국(檀熊國) (帝 : 天子)

제왕	재위 연수	제왕 명호	서력
1	140	염제(炎帝) 신농(神農 : 姜石年)	서기전 3218년 계묘년 ~서기전 2079년 (列山-)陳-)曲阜)
2	80	제임(帝臨:承)	서기전 3078년~서기전 2999년
3	60	제승(帝承:臨)	서기전 2998년~서기전 2939년
4	49	제명(帝明:則)	서기전 2938년~서기전 2890년

제왕	재위 연수	제왕 명호	서력
5	45	제의(帝宜:百:直)	서기전 2889년~서기전 2845년
6	48	제래(帝來:釐)	서기전 2844년~서기전 2797년
7	43	제양(帝襄:哀)	서기전 2796년~서기전 2754년
8	56	제유(帝楡:유망)	서기전 2753년~서기전 2698년 (空桑:陳留)
9(1)	92	단웅국(檀熊國) 제괴(帝魁)	서기전 2697년 갑자년~서기전 2606년 (空桑)
10(2)	71	제망(帝罔)	서기전 2605년~서기전 2535년
11(3)	76	제성(帝成)	서기전 2534년~서기전 2459년
12(4)	60	태제(泰帝)	서기전 2458년~서기전 2399년
13(5)	66	홍제(洪帝)	서기전 2398년~서기전 2333년
裨王		성제(聖帝) 단군왕검 天君	서기전 2357년~서기전 2333년 (24)

| | 886 | | ➤ 조선(단군조선) |

4. 조선(朝鮮:단군조선:고조선) 시대 (檀君:天帝, 天王)

- 아사달 시대 : 서기전 2333년~서기전 1286년 (1048년간)
- 백악산아사달 시대 : 서기전 1285년~서기전 426년 (860년간)
- 장당경 시대 : 서기전 425년~서기전 238(232)년 (188(194)년간)

제왕	재위 연수	제왕 명호	서력
1	93	단군 왕검 天帝	서기전 2333년 무진년 ~서기전 2241년 아사달
2	58	부루 天王	서기전 2240년~서기전 2183년
3	45	가륵	서기전 2182년~서기전 2138년
4	38	오사구	서기전 2137년~서기전 2100년
5	16	구을	서기전 2099년~서기전 2084년

제왕	재위 연수	제왕 명호	서력
6	36	달문	서기전 2083년~서기전 2048년
7	54	한율(翰栗) – 한속(翰粟)	서기전 2047년~서기전 1994년
8	8	우서한(오사함)	서기전 1993년~서기전 1986년
9	35	아술	서기전 1985년~서기전 1951년
10	59	노을	서기전 1950년~서기전 1892년
11	57	도해	서기전 1891년~서기전 1835년
12	52	아한	서기전 1834년~서기전 17834년
13	61	홀달(대음달)	서기전 1782년~서기전 1722년
14	60	고불	서기전 1721년~서기전 1662년
15	51	대음(代音,후홀달) – 벌음(伐音)	서기전 1661년~서기전 1611년
16	58	위나	서기전 1610년~서기전 1553년
17	68	여을	서기전 1552년~서기전 1485년
18	49	동엄	서기전 1484년~서기전 1436년
19	55	구모소(緱牟蘇) – 종년(從年)	서기전 1435년~서기전 1381년
20	43	고홀	서기전 1380년~서기전 1338년
21	52	소태	서기전 1337년~서기전 1286년
			(1,048년)
22	48	색불루	서기전 1285년~서기전 1238년 수도 : 백악산아사달
23	76	아홀	서기전 1237년~서기전 1162년
24	11	연나	서기전 1161년~서기전 1151년
25	88	솔나	서기전 1150년~서기전 1063년
26	65	추로	서기전 1062년~서기전 998년
27	26	두밀	서기전 997년~서기전 972년
28	28	해모	서기전 971년~서기전 944년
29	34	마휴	서기전 943년~서기전 910년
30	35	내휴	서기전 909년~서기전 875년
31	25	등올	서기전 874년~서기전 850년
32	30	추밀	서기전 849년~서기전 820년

제왕	재위 연수	제왕 명호	서력
33	24	감물	서기전 819년~서기전 796년
34	23	오루문	서기전 795년~서기전 773년
35	68	사벌	서기전 772년~서기전 705년
36	58	매륵	서기전 704년~서기전 647년
37	56	마물	서기전 646년~서기전 591년
38	45	다물	서기전 590년~서기전 546년
39	36	두홀	서기전 545년~서기전 510년
40	18	달음	서기전 509년~서기전 492년
41	20	음차	서기전 491년~서기전 472년
42	10	을우지	서기전 471년~서기전 462년
43	36	물리	서기전 461년~서기전 426년
			(1,908년)
44	29	구물	서기전 425년~서기전 397년 국호 : 大扶餘 / 수도 : 장당경
45	55	여루	서기전 396년~서기전 342년
46	46	보을	서기전 341년~서기전 296년
47	58	고열가	서기전 295년~서기전 238년
			(2,096년)
공화정	6	오가연정	서기전 238년~서기전 232년
	2,102		➡ 북부여

단군조선 천왕 시호

연번	名號	在位	諡號
1	儉	서기전 2333~서기전 2241 (93)	聖帝 開天弘聖帝(大金章宗 明昌4年 癸丑)
2	扶婁	서기전 2240~서기전 2183 (58)	元帝
3	嘉勒	서기전 2182~서기전 2138 (45)	仁帝

연번	名號	在位	諡號
4	烏斯丘	서기전 2137~서기전 2100 (38)	光帝
5	丘乙	서기전 2099~서기전 2084 (16)	平帝
6	達門	서기전 2083~서기전 2048 (36)	文帝
7	翰栗	서기전 2047~서기전 1994 (54)	惠帝
8	于西翰	서기전 1993~서기전 1986 (8)	莊帝
9	阿述	서기전 1985~서기전 1951 (35)	肅帝
10	魯乙	서기전 1950~서기전 1892 (59)	靈帝
11	道奚	서기전 1891~서기전 1835 (57)	裕帝
12	阿漢	서기전 1834~서기전 1783 (52)	武帝
13	屹達	서기전 1782~서기전 1722 (61)	虞帝
14	古弗	서기전 1721~서기전 1662 (60)	益帝
15	代音	서기전 1661~서기전 1611 (51)	毅帝
16	尉那	서기전 1610~서기전 1553 (58)	明帝
17	余乙	서기전 1552~서기전 1485 (68)	成帝
18	冬奄	서기전 1484~서기전 1436 (49)	順帝
19	縱年	서기전 1435~서기전 1381 (55)	康帝
20	固忽	서기전 1380~서기전 1338 (43)	獻帝
21	蘇台	서기전 1337~서기전 1286 (52)	建帝
22	索弗婁	서기전 1285~서기전 1238 (48)	靖帝
23	阿忽	서기전 1237~서기전 1162 (76)	祐帝
24	延那	서기전 1161~서기전 1151 (11)	瑞帝
25	率那	서기전 1150~서기전 1063 (88)	穆帝
26	鄒魯	서기전 1062~서기전 998 (65)	憲帝
27	豆密	서기전 997~서기전 972 (26)	章帝
28	奚牟	서기전 971~서기전 944 (28)	雲帝
29	麻休	서기전 943~서기전 910 (34)	慶帝
30	那休	서기전 909~서기전 875 (35)	烈帝
31	登屼	서기전 874~서기전 850 (25)	昌帝
32	鄒密	서기전 849~서기전 820 (30)	宣帝
33	甘勿	서기전 819~서기전 796 (24)	長帝

연번	名號	在位	諡號
34	奧婁門	서기전 795~서기전 773 (23)	遂帝
35	沙伐	서기전 772~서기전 705 (68)	孝帝
36	買勒	서기전 704~서기전 647 (58)	夙帝
37	麻勿	서기전 646~서기전 591 (56)	信帝
38	多勿	서기전 590~서기전 546 (45)	道帝
39	豆忽	서기전 545~서기전 510 (36)	端帝
40	達音	서기전 509~서기전 492 (18)	安帝
41	音次	서기전 491~서기전 472 (20)	達帝
42	乙于支	서기전 471~서기전 462 (10)	輪帝
43	勿理	서기전 461~서기전 437 (25)	通帝
44	丘勿	서기전 436~서기전 397 (40)	誠帝
45	余婁	서기전 396~서기전 342 (55)	彬帝
46	普乙	서기전 341~서기전 296 (46)	和帝
47	古列加	서기전 295~서기전 238 (58)	寧帝
		2,096년	➡ 북부여(北扶餘)

4-1. 마한세가 (韓 : 천왕격)

제왕	재위 연수	제왕 명호	서력
1	55	웅백다	서기전 2333년~서기전 2279년 (백아강)
2	50	노덕리	서기전 2278년~서기전 2229년
3	49	불여래	서기전 2228년~서기전 2180년
4	4	두라문	서기전 2179년~서기전 2176년
5	39	을불리	서기전 2175년~서기전 2137년
6	30	근우지	서기전 2136년~서기전 2107년
7	113	을우지	서기전 2106년~
8		궁호	~서기전 1994년
9	55	막연	서기전 1993년~서기전 1939년

제왕	재위 연수	제왕 명호	서력
10	75	아화	서기전 1938년~서기전 1864년
11	58	사리	서기전 1863년~서기전 1806년
12	90	아리	서기전 1805년~서기전 1716년
13	82	갈지	서기전 1715년~서기전 1634년
14	83	을아	서기전 1633년~서기전 1551년
15	7	두막해	서기전 1550년~서기전 1444년
16	47	자오수	서기전 1543년~서기전 1497년
17	125	독로	서기전 1496년~서기전 1372년
18	84	아루	서기전 1371년~서기전 1288년
19	2	아라사	서기전 1287년~서기전 1286년
20	53	여원흥	서기전 1285년~서기전 1233년
21	110	아실	서기전 1232년~서기전 1123년
22	31	아도	서기전 1122년~서기전 1092년
23	96	아화지	서기전 1091년~서기전 996년
24	61	아사지	서기전 995년~서기전 935년
25	180	아리손	서기전 934년~
26		소이	~서기전 755년
27	77	사우	서기전 754년~서기전 678년
28	89	궁흘	서기전 677년~
29		동기	~서기전 589년
30	79	다도	서기전 588년~서기전 510년
31	22	사라	서기전 509년~
32		가섭라	~서기전 488년
33	62	가리	서기전 487년~서기전 426년
34	59	전내	서기전 425년~
35		진을례	~서기전 367년
36	129	맹남	서기전 366년~서기전 238년
	2,096		➡ 후삼한(남삼한)

4-2. 번한세가 (韓 : 천왕격)

제왕	재위 연수	제왕 명호	서력
1	22	치두남	서기전 2333년~서기전 2312년 (험독)
2	73	낭야	서기전 2311년~서기전 2239년
3	50	물길	서기전 2238년~서기전 2189년
4	90	애친	서기전 2188년~
5		도무	~서기전 2099년
6	26	호갑	서기전 2098년~서기전 2073년
7	57	오라	서기전 2072년~서기전 2016년
8	40	이조	서기전 2015년~서기전 1976년
9	15	거세	서기전 1975년~서기전 1961년
10	14	자오사	서기전 1960년~서기전 1947년
11	53	산신	서기전 1946년~서기전 1894년
12	29	계전	서기전 1893년~서기전 1865년
13	38	백전	서기전 1864년~서기전 1827년
14	56	중전	서기전 1826년~서기전 1771년
15	43	소전	서기전 1770년~서기전 1728년
16	63	사엄	서기전 1727년~
17		서한	~서기전 1665년
18	4	물가	서기전 1664년~서기전 1661년
19	46	막진	서기전 1660년~서기전 1615년
20	66	진단	서기전 1614년~서기전 1549년
21	18	감정	서기전 1548년~서기전 1531년
22	89	소밀	서기전 1530년~
23		사두막	
24		갑비	~서기전 1442년
25	48	오립루	서기전 1441년~
26		서시	~서기전 1494년
27	41	안시	서기전 1393년~서기전 1353년
28	19	해모라	서기전 1352년~서기전 1334년

제왕	재위 연수	제왕 명호	서력
29	43	소정	서기전 1333년~서기전 1291년경
공석	5		서기전 1290년경~서기전 1286년
30	61	서우여(徐于余, 西余)–서여(西余)	서기전 1285년~서기전 1225년
31	40	아락	서기전 1224년~서기전 1185년
32	47	솔귀	서기전 1184년~서기전 1138년
33	32	임나	서기전 1137년~서기전 1106년
34	13	노단	서기전 1105년~서기전 1093년
35	18	마밀	서기전 1092년~서기전 1075년
36	20	모불	서기전 1074년~서기전 1055년
37	40	을나	서기전 1054년~서기전 1015년
38	2	마휴	서기전 1014년~서기전 1013년
39	29	등나	서기전 1012년~서기전 984년
40	10	해수	서기전 983년~서기전 974년
41	7	물한(세자)	서기전 973년~서기전 967년
42	12	오문루	서기전 966년~서기전 955년
43	28	누사	서기전 954년~서기전 927년
44	26	이벌	서기전 926년~서기전 901년
45	64	아륵	서기전 900년~서기전 837년
46	51	마휴(마목)	서기전 836년~서기전 786년
47	33	다두	서기전 785년~서기전 753년
48	30	내이	서기전 752년~서기전 723년
49	10	차음	서기전 722년~서기전 713년
50	60	불리	서기전 712년~서기전 653년
51	5	여을	서기전 652년~서기전 648년
52	34	엄루	서기전 647년~
53		감위	~서기전 614
54	10	술리	서기전 613년~서기전 604년
55	15	아갑	서기전 603년~서기전 589년
56	14	고태	서기전 588년~서기전 575년

제왕	재위 연수	제왕 명호	서력
57	18	소태이 – 소태	서기전 574년~서기전 557년
58	11	마건	서기전 556년~서기전 546년
59	10	천한	서기전 545년~서기전 536년
60	15	노물	서기전 535년~서기전 521년
61	15	도을	서기전 520년~서기전 506년
62	34	술휴	서기전 505년~서기전 472년
63	18	사량	서기전 471년~서기전 454년
64	15	지한	서기전 453년~서기전 439년
65	38	인한	서기전 438년~서기전 401년
66	25	서울(西蔚) – 서위(西尉)	서기전 400년~서기전 376년
67	34	가색	서기전 375년~서기전 342년
68	1	해인 – 산한	서기전 341년
69	17	수한	서기전 340년~서기전 323년
70	8	기후	서기전 323년~서기전 316년
71	25	기욱	서기전 315년~서기전 291년
72	39	기석	서기전 290년~서기전 252년
73	19	기윤	서기전 251년~서기전 233년
74	11	기비(箕丕) – 기부(箕否)	서기전 232년~서기전 222년
75	28	기준(箕準) – 마한(馬韓)	서기전 221년~서기전 194년
	2,140		➔ 위씨조선 / 마한의 마한

4-3. 단군조선 삼한관경 내 군후국(君侯: 列汗)

구려, 진번, 부여, 청구, 남국, 고죽, 몽고리, 낙랑, 선비 〈이상 天君〉, 숙신, 개마, 예(濊), 흉노, 옥저, 졸본, 비류, 여(黎), 엄(淹), 서(徐), 회(淮), 래(萊), 개(介), 양(陽), 우(隅), 사(沙), 사(泗), 도(島), 협야(陜野), 등 28국 이상 〈이상 天公, 天侯, 天伯, 天子, 天男〉

4-4. 단군조선 삼한관경 외 제후국

현족(玄夷), 견족(畎夷:犬夷), 백족(白夷), 적족(赤夷) 등 70여국 이상 〈이상 天子 격〉, 당(唐) 우(虞) 하(夏) 은(殷) 주(周) 〈帝, 王 : 天子〉

*당 우 하 은 주 (唐虞夏殷周)

제왕	재위 연수	제왕 명호	서력
	73	제요(帝堯) 도당(陶唐)	서기전 2357년~서기전 2284년 (平陽)
	60	제순(帝舜) 유우(有虞)	서기전 2284년~서기전 2224년
	18대 458년	하(夏) 后 우(禹)~	서기전 2224년~서기전 1767년
	30대 644년	은(殷) 탕(湯) 王~	서기전 1766년~서기전 1122년
	38대 874년	주(周) 武王 발(發)~	서기전 1122년~서기전 249년
			→ 진(秦)

5. 북부여-후삼한 시대

5-1. 북부여 (天王)

제왕	재위 연수	제왕 명호	서력
1	45	단군 해모수 천왕	서기전 239년~서기전 195년 (백악산아사달 : 蘭濱)
2	25	모수리	서기전 194년~서기전 170년
3	49	고해사	서기전 169년경~서기전 121년
4	34	고우루	서기전 120년~서기전 87년
5	0	해부루	서기전 86년~서기전 86년 (1년)
6	27	고두막	서기전 86년~서기전 60년
7	2	고무서	서기전 59년 忽本~서기전 58년
8	21	고주몽	서기전 57년~서기전 37년

제왕	재위 연수	제왕 명호	서력
	203		➜ 고구려(高句麗)

5-1-1. 북부여 제후국 – 번조선 (王)

제왕	재위 연수	제왕 명호	서력
73	11	기비	서기전 232년~서기전 222년
74	28	기준	서기전 221년~서기전 194년
	39	(소위 箕子조선)	➜ 위씨조선, 마한의 마한

5-1-2. 북부여 제후국 – 동부여 (侯 : 천자 = 王)

제왕	재위 연수	제왕 명호	서력
1	39	해부루	가섭원(분릉:吉林) 서기전 86년~서기전 48년
2	41	금와	서기전 47년~서기전 7년
3	28	대소	서기전 6년~서기 22년
	108		➜ 갈사국 / 고구려 연나부 낙씨 부여(동부여)

5-1-3. 북부여 제후국 – 최씨 낙랑국 (王)

제왕	재위 연수	제왕 명호	서력
1		최숭(崔崇)	서기전 195년 백아강(平壤)~ (백아강:평양)
대수미상			
		최리	~서기 37년
	232년		➜ 고구려(高句麗)

5-2. 후삼한 - 마한(馬韓) (辰王)

제왕	재위 연수	제왕 명호	서력
1	1	무강왕 기준(箕準)	서기전 194~서기전 193 (金馬:익산)
2	4	강왕 탁(卓)	서기전 193~서기전 190년 (중마한:稷山)
3	32	안왕 감(龕)	서기전 189년~서기전 158년
4	13	혜왕 식(寔)	서기전 157년~서기전 145년
5	31	명왕 무(武)	서기전 144년~서기전 114년
6	40	효왕 형(亨)	서기전 113년~서기전 74년
7	15	양왕 섭(燮)	서기전 73년~서기전 59년
8	26	원왕 훈(勳)	서기전 58년~서기전 33년
9	16	계왕 정(貞)	서기전 32년~서기전 17년
10	25	학왕(學王)	서기전 16년~서기 9년
	203		➔ 백제(百濟)

5-2-1. 후삼한 - 진한(辰韓) (韓:비왕)

제왕	재위 연수	제왕 명호	서력
1		소백림(蘇伯琳 또는 蘇伯孫)	서기전 209년~ (서라벌:사로)
대수미상			~서기전 57년
	153년		진한6부 ➔ 12국 ➔ 신라

5-2-2. 후삼한 - 변한(弁韓) (韓:비왕)

제왕	재위 연수	제왕 명호	서력
대수미상		9간(干) 연맹자치	서기전 209년경?~
			~서기 42년

	251년		변한 12국 ➤ 가야 6국

5-3. 위씨조선(衛氏朝鮮) (왕)

제왕	재위 연수	제왕 명호	서력
1		조선왕 위만	서기전 194년~ (험독)
2		차왕(次王)	
3		우거(右渠)	~서기전 108년
	87년		➤ 소위 한사군(조선 자치군) ➤ 낙랑. 현도 *서기전 82년 진번, 임둔 ➤ 북부여

6. 고신백가(高新百加) 사국(四國) 시대

6-1. 고구려 (帝, 太皇)

제왕	재위 연수	연호	명호 본명 / 遼 太宗 추존 시호(諡號) / 淸 康熙帝 추존 묘호(廟號)	서력
1	21 19	다물(多勿) 평락(平樂)	단군(檀君) 동명성제 高朱蒙 東明大帝(遼) 鄒牟大東明光賢高皇帝(淸) 高祖(淸)	졸본 서기전 58년~서기전 37년 서기전 37년~상춘 서기전 26년~서기전 19년
2	36		유리명제 高琉璃 儒留明孝文太皇帝 太宗	서기전 19년~서기 18년 (국내성:제1환도성)
3	26		대무신열제 高無恤 大朱留天孝明世太皇帝 世宗	서기 18년~서기 44년

제왕	재위 연수	연호	명호 본명 / 遼 太宗 추존 시호(諡號) / 淸 康熙帝 추존 묘호(廟號)	서력
4	4		민중제 高色朱 可天德光武閔中武皇帝 中宗	서기 44년~서기 48년
5	5		모본제 高愚 東光賢武定慕本德皇帝 德宗	서기 48년~서기 53년
6	93	융무(隆武)	태조무열제 高宮 國祖大太祖聖武皇帝 世祖	서기 53년~서기 146년
7	19		차대제 高遂成 恭武玄慧次大太皇帝 賢宗	서기 146년~서기 165년
8	14		신대제 高伯固 太康上武顯新大皇帝 仁宗	서기 165년~서기 179년
9	18		고국천제 高南武 世武國賢天浩太皇帝 文宗	서기 179년~서기 197년 (난빈)
10	30		산상제 高延優 浩上大威山上文皇帝 睿祖	서기 197년~서기 227년 (국내성:제2환도성)
11	21		동천제 高憂位居 現武天世東襄太皇帝 明宗	서기 227년~서기 248년 (평양:해성)
12	22		중천제 高然弗 天鎬成世中襄太皇帝 英宗	서기 248년~서기 270년
13	22		서천제 高藥盧 成文玄中天西襄太皇帝 正宗	서기 270년~서기 292년
14	8		봉상제 高相夫 柱慧議文上國殊武皇帝 永宗	서기 292년~서기 300년

제왕	재위 연수	연호	명호 본명 / 遼 太宗 추존 시호(諡號) / 淸 康熙帝 추존 묘호(廟號)	서력
15	31		미천제 高乙弗 英成太文好壤皇帝 高宗	서기 300년~서기 331년
16	40	연수(延壽)	고국원제 高斯由 國岡上大昭列武皇帝 新宗	서기 331년~서기 371년 (국내성:제3환도성)
17	13		소수림제 高丘夫 小解朱留大天皇帝 昭宗	서기 371년~서기 384년
18	7		고국양제 高伊連 國壤上持牧賢太皇帝 穆宗	서기 384년~서기 391년
19	21	영락(永樂)	광개토경평안호태황 高談德 國岡上廣開土境平安永樂好太皇帝 聖祖	서기 391년~서기 412년
20	79	건흥(建興)	장수홍제호태열제 高巨連 長壽弘濟好太烈皇帝 肅宗	서기 412년~서기 491년 (평양:대동강)
21	28	명치(明治)	문자호태열제 高羅雲 文咨明成治好太皇帝 成宗	서기 491년~서기 519년
22	12		안장제 高興安 安臧高寶洪現皇帝 晉宗	서기 519년~서기 531년
23	14	연가(延嘉)	안원제 高寶延 安原世英延嘉皇帝 宣宗	서기 531년~서기 545년
24	14	영강(永康)	양원제 高平成 陽岡上好元武皇帝 原宗	서기 545년~서기 559년
25	31	대덕(大德)	평강상호태열제 高陽城 平岡上大德好皇帝 平宗	서기 559년~서기 590년

제왕	재위 연수	연호	명호 본명 / 遼 太宗 추촌 시호(諡號) / 淸 康熙帝 추존 묘호(廟號)	서력
26	28	홍무(弘武)	영양무원호태열제 高元 瓔陽文孝武元好太皇帝 孝宗	서기 590년~서기 618년
27	24	함통(咸通)	영유제 高建武 榮留武張太惠天皇帝 顯宗	서기 618년~서기 642년
28	26	개화(開化)	보장제 高臧 開原賢秀大化實臧皇帝 嬉宗	서기 642년~서기 668년
	726			➡ 대진(大震)

6-1-1. 갈사국 (왕)

제왕	재위 연수	제왕 명호	서력
1		대소왕의 아우	서기 22년~ (갈사)
2			
3		도두왕	~서기 68년
	47년		➡ 고구려 동부여후(혼춘)

6-1-2. 고구려 연나부 낙씨(絡氏) 부여 (王)

제왕	재위 연수	제왕 명호	서력
1		연나부 왕 (대소왕의 종제)	서기 22년~ (고구려 서부 : 연나부)
대수미상		부여왕	
		위구태	서기 130년경~서기 190년경
		간위거	서기 191년경~서기 250년
		마여	서기 250년경~서기 300년

	의려	서기 301년~서기 342년
	의라	서기 343년~
		~서기 494년
473년		→ 고구려

6-1-3. 고구려 제후국 – 어하라국 (어하라:長)

제왕	재위 연수	제왕 명호	서력
1	13	소서노	서기전 31년~서기전 19년 (진번 패대지역)
2	미상	비류	서기전 18년~
			미상
			→ 온조 십제 → 백제

6-2. 신라 (居西干, 次次雄, 니사금(寐錦), 麻立干, 王)

제왕	재위 연수	연호	제왕 명호	서력
1	61		박혁거세 거서간	서기전 57년~서기 4년 (서라벌:사로)
2	20		남해 차차웅	서기 4년~서기 24년
3	33		유리 이사금	서기 24년~서기 57년
4	23		탈해 이사금	서기 57년~서기 80년 (국호:계림)
5	32		파사 이사금	서기 80년~서기 112년
6	22		지마 이사금	서기 112년~서기 134년
7	20		일성 이사금	서기 134년~서기 154년
8	30		아달라 이사금	서기 154년~서기 184년
9	12		벌휴 이사금	서기 184년~서기 196년
10	34		나해 이사금	서기 196년~서기 230년
11	17		조분 이사금	서기 230년~서기 247년

제왕	재위 연수	연호	제왕 명호	서력
12	14		첨해 이사금	서기 247년~서기 261년
13	23		미추 이사금	서기 261년~서기 284년
14	14		유례 이사금	서기 284년~서기 298년
15	12		기림 이사금	서기 298년~서기 310년 (국호:신라)
16	46		흘해 이사금	서기 310년~서기 356년
17	46		내물 마립간	서기 356년~서기 402년
18	15		실성 마립간	서기 402년~서기 417년
19	41		눌지 마립간	서기 417년~서기 458년
20	21		자비 마립간	서기 458년~서기 479년
21	21		소지 마립간	서기 479년~서기 500년
22	14		지증왕	서기 500년~서기 514년 (국호:신라)
23	26	건원(建元)	법흥왕	서기 514년~서기 540년 (건원:536~550)
24	36	개국(開國) 대창 홍제	진흥왕	서기 540년~서기 576년 (개국:551~567) (대창:568~571) (홍제:572~583)
25			진지왕	폐위
26	56	건복(建福)	진평왕	서기 576년~서기 632년 (건복:584~633)
27	15	인평(仁平)	선덕여왕 聖祖皇姑	서기 632년~서기 647년 (인평:634~647)
28	7	태화(泰和) 영휘(永徽:唐 연호)	진덕여왕	서기 647년~서기 654년 (태화:647~650) (영휘:650~)
29	7		태종무열왕	서기 654년~서기 661년
30	14		문무왕	서기 661년~서기 675년
전기	732		전기30대	=〉제1 남북국 시대 - 후기 신라

제왕	재위 연수	연호	제왕 명호	서력
후기	260		후기27대	서기 676년~서기 935년 =〉 고려

6-3. 백제(百濟) (어하라, 王)

제왕	재위 연수	연호	제왕 명호	서력
1	46		온조왕	서기전 18년~서기 28년 (위례성-〉서기전 5년 漢城)
2	49		다루왕	서기 28년~서기 77년
3	51		기루왕	서기 77년~서기 128년
4	38		개루왕	서기 128년~서기 166년
5	48		초고왕	서기 166년~서기 214년
6	20		구수왕	서기 214년~서기 234년
7			사반왕	서기 234년
8	52		고이왕	서기 234년~서기 286년
9	12		책계왕	서기 286년~서기 298년
10	6		분서왕	서기 298년~서기 304년
11	40		비류왕	서기 304년~서기 344년
12	2		계왕	서기 344년~서기 346년
13	29	태화(泰和)?	근초고왕	서기 346년~서기 375년 (태화:369~) (375년 漢山)
14	9		근구수왕	서기 375년~서기 384년
15	1		침류왕	서기 384년~서기 385년
16	7		진사왕	서기 385년~서기 392년
17	13		아신왕	서기 392년~서기 405년
18	15		전지왕	서기 405년~서기 420년
19	7		구이신왕	서기 420년~서기 427년
20	28		비유왕	서기 427년~서기 455년
21	20		개로왕	서기 455년~서기 475년
22	2		문주왕	서기 475년~서기 477년 (475년 熊津:곰나루)

제왕	재위 연수	연호	제왕 명호	서력
23	2		삼근왕	서기 477년~서기 479년
24	22		동성왕	서기 479년~서기 501년
25	22		무령왕	서기 501년~서기 523년
26	31		성왕	서기 523년~서기 554년 (538년 사비:부여)
27	44		위덕왕	서기 554년~서기 598년
28	1		혜왕	서기 598년~서기 599년
29	1		법왕	서기 599년~서기 600년
30	41		무왕	서기 600년~서기 641년
31	19		의자왕	서기 641년~서기 660년
				부흥운동
	678			➔ 신라

6-4. 가야(伽倻) (王) 〈금관가야〉

제왕	재위 연수	연호	제왕 명호	서력
1	157		김수로왕	서기 42년~서기 199년 (金海)
2	54		거등왕	서기 199년~서기 253년
3	38		마품왕	서기 253년~서기 291년
4	55		거질미왕	서기 291년~서기 346년
5	61		이시품왕	서기 346년~서기 407년
6	14		좌지왕	서기 407년~서기 421년
7	30		취희왕	서기 421년~서기 451년
8	41		질지왕	서기 451년~서기 492년
9	29		겸지왕	서기 492년~서기 521년
10	12		구형왕	서기 521년~서기 532년
	491			➔ 신라
	521		대가야	서기 42년~서기 562년 ➔ 신라

7. 대진-신라 : 제1 남북국 시대

7-1. 대진(大震:발해) (皇帝)

제왕	재위 연수	연호	제왕 명호	서력
1	31	중광	세조 진국열황제	후고구려 서기 668년~서기 699년
2	21	천통	태조 성무고황제	대진 서기 699년~서기 719년
3	18	인안	광종 무황제	서기 719년~서기 737년
4	56	대흥	세종 광성문황제	서기 737년~서기 793년
5	1		원의(폐황제)	서기 793년~서기 794년
6	1	중흥	인종 성황제	서기 794년~서기 795년
7	14	정력	목종 강황제	서기 795년~서기 809년
8	4	영덕	의종 정황제	서기 809년~서기 813년
9	5	주작	강종 희황제	서기 813년~서기 818년
10	2	태시	철종 간황제	서기 818년~서기 820년
11	10	건흥	성종 선황제	(해동성국 발해) 서기 820년~서기 830년
12	28	함화	장종 화황제	서기 830년~서기 858년
13	12	대정	순종 안황제	서기 858년~서기 870년
14	31	천복	명종 경황제	서기 870년~서기 901년
15	25	청태	애제	서기 901년~서기 926년
	259			➔ 요(거란)

7-2. 후기 신라 (王)

제왕	재위 연수	연호	제왕 명호	서력
30	6		문무왕	서기 676년~서기 681년
31	11		신문왕	서기 681년~서기 692년
32	10		효소왕	서기 692년~서기 702년
33	35		성덕왕	서기 702년~서기 737년
34	5		효성왕	서기 737년~서기 742년

제왕	재위 연수	연호	제왕 명호	서력
35	23		경덕왕	서기 742년~서기 765년
36	15		혜공왕	서기 765년~서기 780년
37	5		선덕왕	서기 780년~서기 785년
38	13		원성왕	서기 785년~서기 798년
39	2		소성왕	서기 798년~서기 800년
40	9		애장왕	서기 800년~서기 809년
41	17		헌덕왕	서기 809년~서기 826년
42	10		흥덕왕	서기 826년~서기 836년
43	2		희강왕	서기 836년~서기 838년
44	1		민애왕	서기 838년~서기 839년
45			신무왕	서기 839년
46	18		문성왕	서기 839년~서기 857년
47	4		헌안왕	서기 857년~서기 861년
48	14		경문왕	서기 861년~서기 875년
49	11		헌강왕	서기 875년~서기 886년
50	1		정강왕	서기 886년~서기 887년
51	10		진성여왕	서기 887년~서기 897년
52	15		효공왕	서기 897년~서기 912년 *백제 900~936 *고구려 901~
53	5		신덕왕	서기 912년~서기 917년
54	7		경명왕	서기 917년~서기 924년
55	3		경애왕	서기 924년~서기 927년
56	8		경순왕	서기 927년~서기 935년
후기	260			
전기	732			
	992			➔ 고려

8. 고려-요·금·원 : 제2 남북국 시대

8-1. 고려(高麗) (황제→왕)

제왕	재위 연수	연호	제왕 명호	서력
1	18	무태(武泰) 성책(聖冊) 수덕만세 정개(正開)	궁예	고구려 서기 901년~서기 918년 (무태:901~904) 마진 (성책:904~911) 태봉 (수덕만세:911~014) (정개:914~918)
1	25	천수(天授)	태조 왕건	서기 918년~서기 943년
2	2		혜종	서기 943년~서기 945년
3	4		정종	서기 946년~서기 949년
4	26	광덕(光德) 준풍(峻豊)	광종	서기 949년~서기 975년
5	6		경종	서기 976년~서기 981년
6	16		성종 문의대왕	서기 981년~서기 997년
7	12		목종	서기 998년~서기 1009년
8	22		현종	서기 1010년~서기 1031년
9	3		덕종	서기 1031년~서기 1034년
10	12		정종	서기 1035년~서기 1046년
11	37		문종	서기 1047년~서기 1083년
12	1		순종	서기 1083년
13	11		선종	서기 1083년~서기 1094년
14	1		현종	서기 1094년~서기 1095년
15	10		숙종	서기 1095년~서기 1105년
16	17		예종 문효대왕	서기 1105년~서기 1122년
17	24		인종	서기 1122년~서기 1146년
18	24		의종	서기 1147년~서기 1170년
19	27		명종	서기 1171년~서기 1197년
20	7		신종	서기 1198년~서기 1204년

제왕	재위 연수	연호	제왕 명호	서력
21	8		희종	서기 1204년~서기 1212년
22	2		강종	서기 1212년~서기 1214년
23	46		고종 안효대왕	서기 1214년~서기 1260년
24	14		원종	서기 1260년~서기 1274년
25	35		충렬왕 (경효왕)	서기 1275년~서기 1309년
26	5		충선왕	서기 1309년~서기 1314년
27	16		충숙왕	서기 1315년~서기 1330년
28	2		충혜왕	서기 1331년~서기 1332년
29	7		충숙왕	서기 1333년~서기 1339년
30	5		충혜왕	서기 1340년~서기 1344년
31	4		충목왕	서기 1345년~서기 1348년
32	3		충정왕	서기 1349년~서기 1351년
33	22		공민왕	서기 1352년~서기 1373년
34	14		우왕 (강릉왕)	서기 1374년~서기 1388년
35	1		창왕	서기 1389년~서기 1389년
36	4		공양왕	서기 1389년~서기 1392년
	잘못된 계산식			➤ 조선(朝鮮)

8-2. 요(遼:거란)

제왕	재위 연수	연호	제왕 명호	서력
1	20	신책 천찬 천현	태조 야율아보기	서기 907년~서기 926년 (臨潢)
2	21	천현 대동	태종	서기 927년~遼 936~서기 947년
3	4	천록	세종	서기 947년~서기 951년
4	18	응력	목종	서기 951년~서기 969년
5	13	보령 건형	경종	서기 969년~서기 982년

제왕	재위 연수	연호	제왕 명호	서력
6	49	통화 개태 태평	성종	서기 983년~서기 1031년
7	24	경복 중희	흥종	서기 1031년~서기 1055년
8	46	청령 함옹 태강 대안 수청	도종	서기 1055년~서기 1101년
9	24	건통 천경 보대	천조제	서기 1101년~서기 1125년
	219			➜ 금(金)

8-3. 동단국(東丹國)

제왕	재위 연수	연호	제왕 명호	서력
1	27	감로	야율배	서기 926년~서기 952년
	27			➜ 요(遼)

8-4. 금(金:여진)

제왕	재위 연수	연호	제왕 명호	서력
1	8	수국(收國) 천보(天寶)	태조 김아골타	金 서기 1115년~서기 1123년
2	12	천회(天會)	태종	서기 1123년~서기 1135년
3	14	천회 천권 황통	희종	서기 1135년~서기 1149년

제왕	재위 연수	연호	제왕 명호	서력
4	12	천덕 정원 정륭	해릉왕	서기 1149년~서기 1161년
5	29	대정	세종	서기 1161년~서기 1189년
6	19	명창 승안 태화	장종	서기 1190년~서기 1208년
7	5	대안 승경 지령	위소왕	서기 1208년~서기 1213년
8	10	정우 흥정 원광	선종	서기 1213년~서기 1223년
9	10	정대 개흥 천흥	애종	서기 1223년~서기 1234년
10	1	성창	말왕	서기 1234년~서기 1234년
	120			=〉원(元)

8-5. 원(元:몽고)

제왕	재위 연수	연호	제왕 명호	서력
1	22		태조 징기스칸	서기 1206년~서기 1228년
2	13		태종 오고타이	서기 1228년~서기 1241년
3	4		후(后)	서기 1241년~서기 1245년
4	4		정종 구조	서기 1249년~서기 1249년
5	3		후(后)	서기 1249년~서기 1252년
6	8		헌종 뭉케	서기 1252년~서기 1260년
7	35	중통 지원	세조 쿠빌라이	元 서기 1260년~大元 1271~ 서기 1295년
8	13	원정 대덕	성종	서기 1295년~서기 1308년

제왕	재위 연수	연호	제왕 명호	서력
9	4	지대	무종	서기 1308년~서기 1312년
10	9	황경 연우	인종	서기 1312년~서기 1321년
11	3	지치	영종	서기 1321년~서기 1324년
12	4	태정 치화	진종	서기 1324년~서기 1328년
13	1	천순	덕효황제	서기 1328년
14	4	천력	문종	서기 1328년~서기 1329년
15	1		명종	서기 1329년
14	3	지순	문종	서기 1329년~서기 1332년
16	1		영종	서기 1332년
17	36	원통 지원 지정	혜종	서기 1332년~서기 1368년
	163			➤ 북원(北元)

8-6. 정안국

제왕	재위 연수	연호	제왕 명호	서력
1	43		열만화	서기 927년~서기 970년
2	16		오현명	서기 970년~서기 985년
	59			➤ 요(遼)

8-7. 흥요(興遼)

제왕	재위 연수	연호	제왕 명호	서력
1	1	천경(天慶)	대연림	서기 1029년~서기 1030년
	1			➡ 요(遼)

8-8. 대발해국(大渤海國)

제왕	재위 연수	연호	제왕 명호	서력
1	5월	융기(隆起)	고영창	서기 1115
				➡ 금(金)

8-8. 대진국(大眞國)

제왕	재위 연수	연호	제왕 명호	서력
1	2		포선만노	서기 1216년~
	1			➡ 원(元)

8-10. 대요수국(大遼收國)

제왕	재위 연수	연호	제왕 명호	서력
1	2		야사부	서기 1216년~서기 1218년
	1			➡ 원(元) +고려(高麗)

9. 조선-대청 : 제3 남북국 시대

9-1. 조선(朝鮮)

제왕	재위 연수	연호	제왕 명호	서력
1	7		태조 이성계	서기 1392년~서기 1398년 (한양)
2	2		정종	서기 1398년~서기 1400년
3	18		태종	서기 1400년~서기 1418년
4	32		세종	서기 1418년~서기 1450년
5	2		문종	서기 1450년~서기 1452년
6	4		단종	서기 1452년~서기 1456년
7	12		세조	서기 1456년~서기 1468년
8	1		예종	서기 1468년~서기 1469년
9	25		성종	서기 1469년~서기 1494년
10	12		연산군	서기 1494년~서기 1506년
11	38		중종	서기 1506년~서기 1544년
12	1		인종	서기 1544년~서기 1545년
13	22		명종	서기 1545년~서기 1567년
14	41		선조	서기 1567년~서기 1608년
15	15		광해군=)광조?!	서기 1608년~서기 1623년
16	26		인조	서기 1623년~서기 1649년
17	10		효종	서기 1649년~서기 1659년
18	15		현종	서기 1659년~서기 1674년
19	46		숙종	서기 1674년~서기 1720년
20	4		경종	서기 1720년~서기 1724년
21	52		영종	서기 1724년~서기 1776년
22	24		정조	서기 1776년~서기 1800년
23	34		순조	서기 1800년~서기 1834년
24	15		헌종	서기 1834년~서기 1849년
25	14		철종	서기 1849년~서기 1863년
26	43	開國	고종	서기 1863년~대한제국 1897

제왕	재위 연수	연호	제왕 명호	서력
		建陽 光武		~서기 1906년
27	4	隆熙	순종	서기 1907년~서기 1910년
	519			➙ 대한민국

9-2. 대청(大淸:만주)

제왕	재위 연수	연호	제왕 명호	서력
1	11	天命	태조 누루하치	金 서기 1616년~서기 1626년
2	17	天聰/崇德	태종 홍타이지	서기 1626년~大淸 1636~1643년
3	18	順治	세조 순치제	서기 1643년~서기 1661년
4	61	康熙	성조 강희제	서기 1661년~서기 1722년
5	13	擁正	세종 옹정제	서기 1722년~서기 1735년
6	60	乾隆	고종 건륭제	서기 1735년~서기 1795년
7	25	嘉慶	인종 가경제	서기 1795년~서기 1820년
8	30	道光	선종 도광제	서기 1820년~서기 1850년
9	11	咸豊	문종 함풍제	서기 1850년~서기 1861년
10	13	同治	목종 동치제	서기 1861년~서기 1875년
11	33	光緖	덕종 광서제	서기 1875년~서기 1908년
12	5	宣統	공종 선통제	서기 1908년~서기 1912년
	297			➙ 중국

주(周) 춘추전국시대 연표

연대	周 (天子)	秦	衛	鄭	晉	魯	蔡	陳	楚	吳	越	燕	齊	宋
서기전 1050					唐叔虞- 晉侯(燮) 5대 靖侯17년 周共和1년 9대 穆侯									
서기전781	宣王졸, 幽王즉위				文侯1년									
서기전770	平왕 (宜臼)1년													
서기전743				장공1년										
서기전741									웅거(熊渠) 칭왕					
서기전723					鄂侯1년									
서기전722	평왕49년			장공 22년	악후2년	춘추 기록 시작. 은공1년								
서기전719	桓왕1년													
서기전709														
서기전697	환왕23년													
서기전696	장왕1년													
서기전695	장왕2년			소공 살해, 공자미 즉위										
서기전694				공자 즉위		환공 18년							양공 4년	
서기전693				공자1년		장공1년								장공
서기전690	장왕7년								무왕 51년				紀멸	
서기전689	장왕8년		혜공				애(哀) 공	선(宣) 공	문왕 (熊貲) 1년				양공 9년	
서기전686													양공 12년, 공손 무지 즉위	
서기전685	장왕12년												桓公 1년	

연대	周 (天子)	秦	衛	鄭	晉	魯	蔡	陳	楚	吳	越	燕	齊	宋
서기전681	희왕1년												환공 5년	
서기전680	희왕2년			여공 복위										
서기전679	희왕3년												**환공 패자** 1년. 2차 회맹	
서기전678	희왕4년				무공즉위								환공 패자 2년	
서기전677	희왕5년								문왕 卒				환공 9패 3년	
서기전676	혜왕1년				헌공1년				도오 즉위				환공 10년	
서기전675	혜왕2년, 왕자퇴 반란													
서기전673	혜왕 복위			여공 병사										
서기전672	혜왕5년			문공1년	헌공5년				성왕 즉위					
서기전671	혜왕6년								성왕 1년					
서기전670	혜왕7년				헌(獻)공7년	장공 24년							환공 16년	
서기전668	혜왕9년												환공 18년, **徐** 병합,	
서기전667	혜왕10년												환공 19년, 패자 확인	
서기전666	혜왕11년												환공, 衛침공	
서기전665					헌공12년				투곡 어투가 영윤이 됨				환공, **令支국, 孤竹국** 정벌	
서기전664	혜왕13년				헌공13년									
서기전663					헌공14년								환공23 년	

연대	周(天子)	秦	衛	鄭	晉	魯	蔡	陳	楚	吳	越	燕	齊	宋
서기전662					헌공15년	滑公立 민공 살해, 희공입								
서기전676					헌공16년									
서기전660		9.穆公 즉위	北狄(鄨膌族)에게 망(위의공살해), 제환공에 의해 부활						애공					
서기전659		목공1년											규구회맹	
서기전658		목공2년			헌공19년									
서기전656					곽, 우 멸망								楚정벌. 제초동맹	
서기전655					헌공22년									
서기전654	혜왕23년			문공19년	(許僖公:許男)		목공		성왕(楚子)				환공32년	
서기전653		목공7년												
서기전651	襄王1년				헌공26년								환공35년, 山戎, 離支, 孤竹 정벌	
서기전650		목공10년			혜공즉위(夷五). 중의 부인 徐嬴(徐r國존속?)								환공36년	양공1년
서기전646		목공14년												
서기전645													관중사망. 환공41년	
서기전644	양왕8년												환공42년	
서기전643	양왕9년												환공43년 사망. 공자무휴 立	

연대	周 (天子)	秦	衛	鄭	晉	魯	蔡	陳	楚	吳	越	燕	齊	宋
서기전642													효공 1년	
서기전641		梁멸망												
서기전639				문공 34년	(許僖公,曹共公)		장공	목공	성왕 33년				효공 4년	양공 12년
서기전638									송에 대승					**양공** , 초에 대패
서기전637	양왕15년				혜공14년졸, 懷公(어) 立, 文公즉위(重耳)									
서기전635	晉피신후 복위				문공1년									
서기전633	양왕19년												효공10 년	성공
서기전632	양왕20년	목공	衛子	문공	晉楚전쟁승리, **문공**패자. 성복전투 천토회맹.	희공	장공, 공공	목공	성왕				(呂子,邾 子)	성공
서기전630	양왕22년		성공 복위		문공6년									
서기전628				문공卒, 목공立	문공사망(70세), 양공즉위									
서기전627	양왕25년	목공 33년			秦대파. 양공1년									
서기전626					양공2년				성왕 46년 졸, 목왕 立					
서기전625		목공 35년			양공3년				목왕 1년					성공
서기전624		晉에 승리			秦에패함									
서기전623		목공 37년			양공5년				江멸망					
서기전621		穆공 39년 사망 (69세)			양공7년졸									
서기전620		강공 1년			靈공즉위									
서기전618	頃王1년	康공 3년		목공	영공3년		莊公	共公	목왕					昭공 3년
서기전615		강공 6년												

연대	周(天子)	秦	衛	鄭	晉	魯	蔡	陳	楚	吳	越	燕	齊	宋
서기전614									**莊왕** 즉위 (熊侶)					
서기전613	頃왕6년					문공		영공 1년					昭공졸, 懿공 즉위	
서기전612	匡王(班) 1년													소공살 해
서기전611														문공
서기전609													의공피 살. 惠공즉 위	
서기전607					영공피살									
서기전608		共公1 년		목공졸, 영공즉 귀					장왕7 년					
서기전606	定王1년			成公1년~서기전 600					낙양에 이름				頃공	
서기전605				靈공피 살					투월초 난진압 .장왕9 년					
서기전600					景公1년									
서기전599								영공피 살.						
서기전598				襄공					장왕1 6년, 陳합병 후,독 립시킴					
서기전597		초에패 함			경공3년				晉대파 .장왕1 7년					
서기전594					景公				장왕2 0년					
서기전593	정왕				경공7년				장왕,3 대패공					
서기전592					단도회맹								경공7년 (晉속국 삼음)	
서기전591									장왕졸 .共왕 즉위					
서기전590						성공1년								

연대	周 (天子)	秦	衛	鄭	晉	魯	蔡	陳	楚	吳	越	燕	齊	宋
서기전589					경공11년,齊대 파	성공2년							경공10 년	
서기전588					六軍설치									
서기전585	簡王1년								왕호사용 (壽夢)					
서기전582			정공										경공졸, 靈公즉 위	
서기전581					경공졸,厲공즉위								영공1년	
서기전579					晉楚평화협정,여 공2년				공왕1 2년					
서기전577				楚에복 속										
서기전576			헌공1 년											
서기전575				성공	楚에승리, 여공6년				晉에패 함,공 왕16 년				영공7년	
서기전573					여공독살,悼공즉 위									
서기전571	靈王1년													
서기전570	靈王2년				鷄澤회맹, 戚회맹									
서기전569					*山戎조공(동북) *									
서기전567													래(萊〈- 卽墨)멸	
서기전566				僖공피 살,簡공 즉위	도공7년									
서기전561		경공		간공	도공12년				공왕3 1년	諸樊즉위				
서기전560									康왕즉 위(昭)					
서기전559			獻공18 년축출, 殤공즉 위		도공14년								영공23 년	
서기전558					도공15년,평공 즉위									
서기전554					평공4년								영공졸, 莊공즉 위	

연대	周(天子)	秦	衛	鄭	晉	魯	蔡	陳	楚	吳	越	燕	齊	宋
서기전551					평공7년	孔子生.노양공22년							장공3년(莒존속)	
서기전548					평공10년					여제즉위	장공6년		경공즉위	
서기전547			헌공복위						강왕	여제(餘祭)1년			경공1년	
서기전546						경공			秦楚회담				경공2년	미병(弭兵)之會
서기전545									웅균즉위.강왕졸				경공3년	
서기전544	景王1년									여매즉위			견공4년	
서기전541									靈왕즉위(熊虔)				경공7년	
서기전535		영공		간공	평공	소공	영공	애공	영왕6년				경공13년	
서기전534								陳滅(진현이됨)						
서기전532				子産	平公졸, 昭公즉위				영왕9년				안영, 사마양저 중용.경공16년	
서기전531							蔡亡		靈왕즉위					
서기전530									徐정벌					
서기전529					平丘회맹		채독립	진독립	平왕즉위					
서기전526										요즉위			徐정벌	
서기전522													오자서, 송망명 후 정나라로 감	
서기전520									오자서,오에 망명. 영왕9년	요7년				
서기전519	悼王1년													
서기전518	敬王1년													

연대	周(天子)	秦	衛	鄭	晉	魯	蔡	陳	楚	吳	越	燕	齊	宋
서기전516									평왕졸, 소왕립					
서기전515						정공 立				요살해,합려즉위			경공33년	
서기전512									소왕4년	徐망				
서기전506				헌공		정공8년				楚수도함락.합려9년				
서기전505								唐멸		요즉위				
서기전496						공자,재상등용 후 포기				越공격,오왕합려사망,부차즉위				
서기전494										越에승리,월왕구천포로됨				
서기전491											월왕구천.월귀국,와신상담			
서기전490													경공졸,悼공즉위	
서기전489							혜왕1년							
서기전485											미인 서시를 오로보냄		簡공즉위	
서기전484						공자귀향								
서기전482										황지회맹	월왕구천.오예승리			
서기전479						孔子卒	楚에멸망	陳을멸함						
서기전474	元王1년							楚						
서기전473										越에멸망	吳를멸함 구천24년. 부차23년			

연대	周(天子)	秦	衛	鄭	晉	魯	蔡	陳	楚	吳	越	燕	齊	宋
서기전468	貞定王1년									越				
서기전458					조양자 즉위									
서기전453					한위조에망함									
서기전447								楚에멸망	혜왕					
서기전439	哀王,思王													
서기전438	考王1년													
서기전426					魏文侯즉위									
서기전425	威烈王1년													
서기전415					中山國 무공즉위									
서기전404	이	상		춘	진소열공18년	추			시		대			
서기전403	위열왕23년			韓 수도평양.경후6년	魏 수도안읍.문후22년	趙 수도중모.열후6년	이하 전국 시대							
서기전399	安王1년													
서기전387					무후즉위	경후즉위								
서기전386													田氏(田和)가 군주가 됨(陳후손)	
서기전381									도왕졸,숙왕즉위					
서기전378					晉멸망								제위왕추존	
서기전375				君乙韓,에멸망	哀侯									
서기전374	烈王1년			韓										
서기전372									출생(*孟子 鄒나라)					
서기전367	顯王1년												손빈등용	
서기전361		효공,상앙등용			위혜왕10년								제위왕18년	

연대	周(天子)	秦	衛	鄭	晉		魯	蔡	陳	楚	吳	越	燕	齊	宋
서기전359		商앙1차개혁													
서기전353					宋衛와연합	齊와연합									趙와연합	
서기전350		咸陽천도,상앙2차개혁													
서기전341				肅侯9년	齊에대패.혜왕30년	조숙후9년									魏에승리	
서기전340					秦에패하여대량천도										
서기전338		효공졸,상앙피살													
서기전337		혜문공													
서기전334					惠王추존(양혜왕=위혜왕)					越을멸함	楚의역습으로망함		연 문공	宣王칭왕	
서기전333				소진*선혜공	합종책	*6양왕	국	재상		楚 *			*연역공	*	
서기전328		장의,연횡책.혜문공10년								회왕1년					
서기전324		惠文王14년칭왕												선왕졸,민왕즉위	
서기전323					宣惠王칭왕								易王10년칭왕		
서기전322					장의,재상이됨								역왕11년		
서기전319	愼覲王1년	혜문왕19년			애왕	무령왕							쾌(噲)	맹상군(田文)	
서기전318				위,한,조,초,연5개연합국	진공격실패								연왕子文		
서기전317		촉점령													

연대	周(天子)	秦	衛	鄭	晉	魯	蔡	陳	楚	吳	越	燕	齊	宋
서기전313	赧王1년								장의, 재상이 됨					
서기전312		楚대파,혜문왕26년						회왕17년	秦에대패			소왕1년		
서기전309					장의 死									
서기전307		武王,九鼎들다 죽음, 소양왕 즉위												
서기전300		소양왕7년						회왕29년	楚齊동맹					
서기전299									懷王,秦의포로가됨					
서기전298			맹상군,秦탈출,계명구도		혜문왕1년									
서기전296		소양왕11년			무령왕,中山國멸									
서기전289							*맹자	졸(84세)						
서기전288		西帝라 칭한후 포기.소양왕19년											칭東帝 포기.제민왕36년	
서기전286				宋멸망				宋멸망				宋멸망	齊에멸망	
서기전284		소양왕23년									악의의 한,위,조,연,진 연합군이 제대파.연소왕28년	악의의 연합군에 대패.제민왕40년	齊	
서기전283													제민왕 死	

연대	周(天子)	秦	衛	鄭	晉	魯	蔡	陳	楚	吳	越	燕	齊	宋
서기전279												연소왕졸.연혜왕립	제양왕립	
서기전278		楚를 공격하고 수도 영 점령				악의,망명	*굴원,멱라강에서 자살		秦의 공격으로 陳 천도			연혜왕 1년	제양왕1년	
서기전270		趙에 패함				秦에 승리								
서기전268	난왕47년	소양왕 39년			안리왕10년,동이사 절단 방문〈공빈〉									
서기전264		소양왕 43년												건왕즉위
서기전263		소양왕 44년							경왕36년졸,고열왕 즉위					
서기전260		趙에승리,포로40만명 생매장			秦에 패함(장평전투)									
서기전259		政출생			안리왕19년				고열왕 4년					
서기전255	秦에 망함	周(서주)멸망.소양왕52년			안리왕23년									
서기전254	**秦** 君班王1년													
서기전251		소양왕 졸,효문왕즉위												
서기전249	秦襄王1년.동주멸망	여불위,승상				楚에망								
서기전247		政즉위							**楚**					
서기전240		衛멸	秦에망											

연대	周(天子)	秦	衛	鄭	晉			魯	蔡	陳	楚	吳	越	燕	齊	宋
서기전237	여불위 파면	秦														
서기전235	여불위 피살															
서기전233	韓非子 졸															
서기전230	韓멸			秦에 멸망. 진왕정 17년	한왕 안 9년											
서기전229	진왕정 18년				조유 무왕 7년											
서기전228	趙수도 대량함락			秦	秦에게대량함락.조유무왕항복(조왕遷)											
서기전227														형가,자객		
서기전226	燕수도 함락		진왕정21년		위왕假2년									秦에게수도함락-〉요동	제왕 建	
서기전225	魏멸				秦에망											
서기전223	楚멸			秦							초왕부추(負芻) 秦에망					
서기전222	趙,燕 멸				秦에 멸망. 代왕 6년						秦			秦에망		
서기전221	齊멸망, 통일. 政26년,	진시황 秦												秦	秦에망	
서기전209	胡亥														秦	
서기전207	嬰 멸망															
	周(天子)	秦	衛	鄭	晉			魯	蔡	陳	楚	吳	越	燕	齊	宋
					韓	魏	趙									

마고의 계보

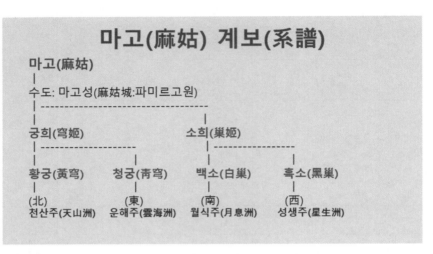

마고(麻姑) 계보(系譜)

마고(麻姑)
|
수도: 마고성(麻姑城:파미르고원)
|

| |
궁희(穹姬)   소희(巢姬)
| |
---------------------   -------------------
| | | |
황궁(黃穹)   청궁(靑穹)   백소(白巢)   흑소(黑巢)
| | | |
(北)   (東)   (南)   (西)
천산주(天山洲)   운해주(雲海洲)   월식주(月息洲)   성생주(星生洲)

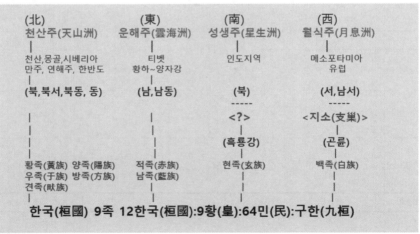

(北) 천산주(天山洲)	(東) 운해주(雲海洲)	(南) 성생주(星生洲)	(西) 월식주(月息洲)
천산,몽골,시베리아 만주, 연해주, 한반도	티벳 황하~양자강	인도지역	메소포타미아 유럽
(북,북서,북동, 동)	(남,남동)	(북)	(서,남서)
		-----	-----
		<?>	<지소(支巢)>
		(흑룡강)	(곤륜)
황족(黃族) 양족(陽族) 우족(于族) 방족(方族) 견족(畎族)	적족(赤族) 남족(藍族)	현족(玄族)	백족(白族)

한국(桓國) 9족 12한국(桓國):9황(皇):64민(民):구한(九桓)

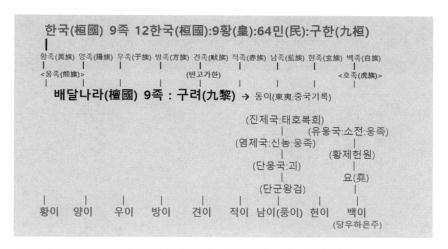

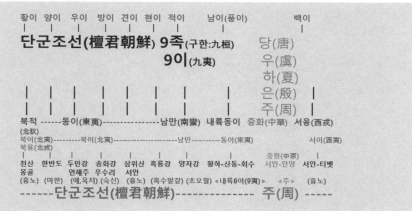

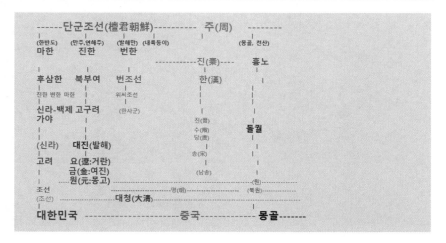

중국	한국	
	150억년 **우주탄생**	
	50억년 **태양탄생**	
	45억년 **지구탄생**	
	현생인류탄생	
삼신천제국(三神天帝國)	***마고성(麻姑城) : 파미르고원**	
	마고(麻姑) 天國	
	마고(麻姑) 한국(桓國)	

일본	국사 주요연대	국사 동향		세계 동향
40억년 **생물탄생**				
	서기전15000만년전			
	서기전15만년전			**선사(先史)시대**
	서기전70378 계해	모계(母系)시대	마고(麻姑) 통치시대	
	마고 문명		천부(天符)	
			율려(律呂)/ 낙원(樂園)시대	
		부계(父系)시대		
		씨족국가시대	황궁씨(黃穹氏) 화백(和白)시대	

중국	한국	
천제국(天帝國)		제1 천산(天山) [천산산맥]
	한국(桓國)	제2 천산(天山) [알타이산]
		제3 천산(天山) [대흥안령]

일본	국사 주요연대	국사 동향		세계 동향
	서기전27178년경		4방(方) 12성문 (城門) : 윷놀이판 역(易) 원리	
			역법(曆法:마고력) 시원	
	서기전10000~서기전 8000년경		오미(五味)의 난 (亂)	
	합63,182년간		사방분거	
	서기전7197 갑자	황궁(黃穹) 천제 (天帝) (서기전 7197~서기전 6100경)	*천부삼인(天符三印) 정립	
천산 문명				
*요하 문명	유인(有因) 천제(天帝) (서기전6100 경~서기전5000경)			*요하 문명 (서기전7000~)
				수메르 문명
		부족국가시대		

중국	한국	
	한국(桓國)	
천왕국(天王國)	단국(檀國 : 박달 : 배달)	태백산
	진제국(震帝國) 태호복희(天君)~	
유웅국(有熊國)(天子國)	염제국(炎帝國) 신농(天子)~	
서기전2698 유웅국(有熊國) 천자(天子) 황제헌원	단웅국(檀熊國)(天子國)	청구(산동)
서기전2383 요(堯) 출현	단군왕검(檀君王儉) 탄생(서기전2370.5.2.)[天君]	

일본	국사 주요연대	국사 동향		세계 동향
		한인(桓因) 천제(天帝) (서기전5000경~서기전3897)		인도 문명
		9부족 12한국 (桓國)		카스피해, 이집트 문명
	합3,301년간			
	서기전3897 갑자년 10.3.	한웅천왕 (桓雄天王)	태백산 신시(神市) 시대	수메르 우바이드문화기(서기 전3900~서기전3500)
	동철기 시대			
	서기전3500			수메르, 우르크 문화기(서기전 3500~서기전3100), 지구랏, 문자(기호)
	황하 문명			에게 문명(서기전3000경), 수 메르 대홍수, 古우르왕조기
	서기전2706	치우천왕	청구(靑丘)시대	이집트 고왕국시대(서기전 2850경~서기전2200경) 수메르 아카드 도시국가 출현 (서기전2500경~서기전2100 경)
				노아홍수(서기전2348)
	합1,565년간			

중국		한국			
서기전2357	천자국(天子國)	천제천왕국(天帝天王國)	**조선(朝鮮)**		
	당(唐)				
		번한(番韓)	진한(眞韓)	마한(馬韓)	
서기전2284	우(虞)	*험독 등 5경-오덕지(五德地)	*아사달(송화강 하얼빈)	*백아강(평양)	
서기전2224	하(夏)				
			*백악산아사달(상춘)		
서기전1766	은(殷)				
서기전1122	주(周)				
서기전770	춘추(春秋)	번조선(番朝鮮)	**진조선(眞朝鮮)**	마조선(馬朝鮮)	
			*장당경(개원)		

일본	국사 주요연대		국사 동향	세계 동향
	서기전2333 무진년 10.3.	아사달 시대	삼한(三韓) 시대	요순9년 대홍수(서기전2288~서기전2267)
			도산회의(서기전2267)	수메르, 신 우르왕조 성립(서기전2200경~서기전2000경) 아리아인 인도 이주(서기전2000경), 수메르 아모르족, 우르왕조 멸, 바빌로니아 왕국시대 시작 함무라비 법전 크레타 문명(서기전1500경)
	서기전1285	백악산아사달 시대	삼한국(三韓國) 시대	미케네 문명(서기전1400경) 히타이트 전성시대(서기전1400경), 모세, 이집트 대탈출 트로이전쟁(서기전1260경), 페티키아 문자(서기전1200경), 아시리아 팽창(서기전1130경~서기전630경), 히브리왕국 건설(서기전1030경), 그리스 도시국가(서기전1000경) 히브리 양분(서기983), 그리스 팽창(서기전800경), 인도 카스트 제도 성립(서기전800경) 그리스, 올림픽 경기 시작(서기전776), 로마 건국(서기전753), 아시리아, 이스라엘 멸(서기전722) 아시리아 오리엔트 통일(서기전701) 석가모니 탄생(서기전624) 유대 멸망(서기전586), 공자 탄생(서기전551), 조로아스터교 성립(서기전550경), 페르시아, 신바빌로니아 정복(서기전538) 페르시아 제국(서기전525~서기전330) 로마 공화정(서기전509) 페르시아 전쟁(서기전500~서기전479), 소크라테스 탄생(서기전469)
서기전660 왜(倭)	서기전425	장당경 시대	삼조선(三朝鮮) 시대	펠로폰네소스 전쟁(서기전431~서기전404)

중국	한국			
서기전403	번조선(番朝鮮)	**진조선(眞朝鮮)**	마조선(馬朝鮮)	
전국(戰國)				
	서기전239.4.8.	서기전 232.3.16.		
서기전221	해모수	*상춘(장춘)	낙랑국 (樂浪國) 서기전 195~ 서기37	서기전 209 서라 벌(경주) **진한 (辰韓)**
진(秦)				변한 (弁韓)
서기전206	서기전194	**북부여 (北扶餘)**	**마한 (馬韓)** 서기전 194~	
전한(前漢)	위씨조선(서기전 194~서기전108) *험독			
서기전86	고두막	*홀본		
서기전58	고주몽		서기전57 *서라벌	
서기전37		*홀본		
서기8	신(新)	*상춘	서기9	
서기23	후한(後漢)	*국내성(집안)	서기전18 위례성(하 남), 서기 전5 한성	신라 (新羅)
	고구려(高句麗)		백제	
				서기42 **가야 (伽倻)**
서기220	삼국[三國: 魏.吳.漢(蜀)]		*웅진 (공주)	

일본	국사 주요연대	국사 동향	세계 동향
왜(倭)	합2,102년간 서기전232 북부여, 단군 조선 접수 서기전209 진한건국		헬레니즘 성립 알렉산더 대왕 동방 원정(서기전334!서기전323) 페르시아 제국 멸망(서기전330) 로마, 이탈리아 통일(서기전272) 포에니 전쟁(서기전264~) 아쇼카 왕, 인도 통일(서기전261) 헬레니즘 문화 전성기 박트리아 왕국(서기전255), 파르티아 왕국(서기전248)
	서기전194 마한건국 서기전108 동명(東明)시대 개막	부여-후삼한(後三韓)시대	제2차 포에니(한니발)전쟁(서기전218) 로마, 지중해 지배(서기전200경~) 카르타고 멸망(서기전146)
	서기전57 신라 건국 서기전37 고구려 건국		삼두정치, 케사르의 독재정치(서기전60) 로마제정(서기전27) 아우구스투스 즉위 예수 탄생(서기전4)
	서기전18 백제건국 서기37 고구려, 낙랑국 멸 서기42 가야 건국 서기313 고구려, 낙랑군 완전축출	사국시대(四國時代)	로마황제 네로 즉위(서기54) 로마, 그시스트교 공인(서기313)

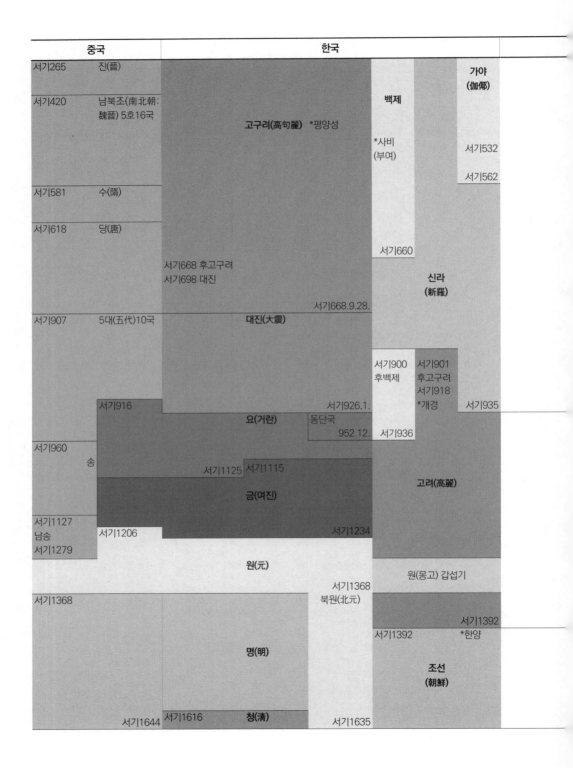

중국		한국				
서기|265	진(晉)					가야 (伽倻)
서기|420	남북조(南北朝: 魏晉) 5호16국	고구려(高句麗) *평양성		백제		
						서기|532
				*사비 (부여)		서기|562
서기|581	수(隋)					
서기|618	당(唐)					
		서기|668 후고구려 서기|698 대진		서기|660	신라 (新羅)	
			서기|668.9.28.			
서기|907	5대(五代)10국	대진(大震)				
				서기|900 후백제	서기|901 후고구려 서기|918 *개경	서기|935
서기|916		요(거란)	동단국 952.12.	서기|936		
서기|960	송				고려(高麗)	
		서기|1125	서기|1115			
		금(여진)				
서기|1127 남송 서기|1279		서기|1206	서기|1234			
		원(元)			원(몽고) 갑섭기	
			서기|1368 북원(北元)			서기|1392
서기|1368				서기|1392	*한양	
		명(明)			조선 (朝鮮)	
서기|1644	서기|1616	청(淸)	서기|1635			

일본	국사 주요연대	국사 동향	세계 동향
서기672 일본(日本)	서기532 신라, 금관가야 합병 서기562 신라, 대가야 합병 서기612 살수대첩	사국시대(四國時代)	인도 굽타왕조(서기320~550) 게르만족 대이동(서기375), 로마제국 동서분열(서기395), 서로마제국 멸망(서기476), 프랑크왕국 성립(서기486) 돌궐제국 성립(서기552) 이슬람교 창시(서기610)
	서기660 백제 멸망 서기668 고구려 멸망 서기676 신라, 당군 축출 서기698 대진 건국 서기900 후백제 건국 서기901 후고구려 건국 서기916 거란 건국 서기926 대진 멸망 서기935 신라 멸망 서기936 후백제 멸망	제1차 남북국시대 [대진-신라]	위구르 내몽골 통일(서기 750), 프랑크왕국 통일(서기 771), 잉글랜드왕국 성립(서기829), 러시아 건국(서기 862), 프랑크왕국 분열(서기 843), 노르망디 공국 성립(서기911), 신성로마제국 성립 (서기862~1806), 셀주크투르크 건국(서기1037) 십자군 원정(서기1096~ 1270), 영국:아일랜드 정복 (서기1169), 영국:대헌장 제정(서기1215), 마르코폴로 동방여행(서기1271)
서기1192 가마쿠라막부 수립	서기1115 금 건국 서기1125 요 멸망	제2차 남북국시대 [고려-요.금.원]	백년전쟁(서기1337), 유럽 흑사병 대유행(서기1347) 티무르 제국 성립(서기 1370~1508), 티무르:중국 원정(서기1404) 잔다르크:영국군 격파(서기1429), 동로마 멸망(서기1453), 장미전쟁(서기 1455~1485)
서기1338 무로마치막부 성립	서기1234 금 멸망		
서기1590 토요토미 히데요시, 일본 통일 서기1603 에도막부 성립	서기1392 조선 건국 서기1616 후금(청) 건국	제3차 남북국시대 [조선-청]	무굴제국 성립(서기1526~ 1857), 코페르니쿠스:지동설 주장(서기1543), 스페인:필리핀 점령(서기1565), 네덜란드:독립선언(서기1581), 영국:동인도회사 설립(서기 1600~1858)

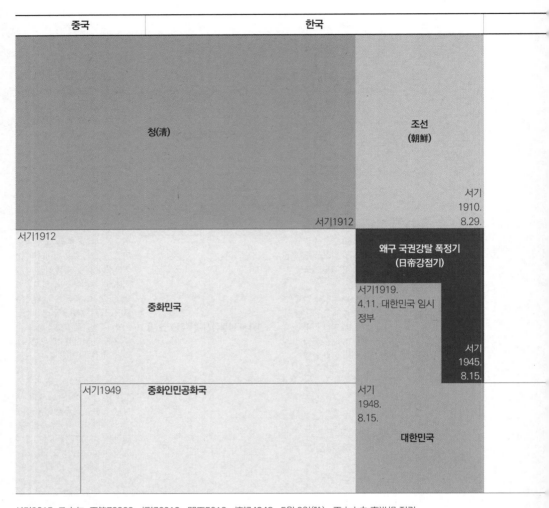

중국	한국	
청(清)	조선 (朝鮮)	
	서기 1910. 8.29.	
서기1912		
서기1912	왜구 국권강탈 폭정기 (日帝강점기)	
중화민국	서기1919. 4.11. 대한민국 임시 정부	
	서기 1945. 8.15.	
서기1949 중화인민공화국	서기 1948. 8.15.	
	대한민국	

서기2015 乙未年 天符72393 桓紀9212 開天5912 檀紀4348 5월 2일(陰) 天山太白 曺洪根 정리

일본	국사 주요연대	국사 동향	세계 동향
메이지유신(서기1868)	서기1905.11.17. 을사(왜구 외교권 강탈 등) 무효조약 서기1909.9.4. 간도 무효협약 서기1910.8.22. 경술(왜구 국권 강탈) 무효조약 서기1912 청 멸망	**제3차 남북국시대 [조선-청]**	영국-권리청원(서기1628), 영국-청교도혁명(서기1640~1660), 영국-명예혁명(서기1688), 영국-권리장전(서기1689), 프로이센왕국 성립(서기1701), 영국-인도 지배권 확립(서기1760), 미국-독립선언(서기1776), 프랑스 혁명(서기1789), 나폴레옹 즉위(서기1804), 미국-남북전쟁(서기1861), 청프 전쟁(서기1884), 청일전쟁(서기1894)
	서기1919년 4월 13일 대한민국 임시정부 수립 서기1948.8.15. 대한민국 정부 수립, 1949.9.9. 조선민주주의인민공화국 수립(대한민국 헌법상 무효, 국제법상 유효-UN가입)	**대한민국**	러.일전쟁(서기1904) 제1차 세계대전(서기1914) 5.4운동(서기1919), 국제연맹 창설(서기1920) 만주사변(서기1931), 중.일전쟁(서기1937), 제2차세계대전(서기1939), 일본 항복(서기1945). 1952.4.28. 중일평화조약에서 만주협약과 간도협약 무효 확인. 1965년 한일협정 2조에서 "1910년 8월22일 및 그 이전에 대한제국과 대일본제국 간에 체결된 모든 조약 및 협정이 이미 무효임을 확인한다"고 선언 =)을사늑약(1905)-간도협약(1909)-경술 미비준늑약(1910) 전부무효

홍익인간 7만년 상세 목차

제1권

제4편 **단군조선(檀君朝鮮) 시대**

1. 단군왕검(檀君王儉)의 홍익인간(弘益人間) 부활(復活) | 242

제2권

제3권

제4권

제10편 대한민국은 단군조선(檀君朝鮮) 삼한(三韓)의 정통후예국 ㅣ 501

참고문헌

서적

1. 민족보결(民族寶訣), 이종수저, 신화문화사, 단기 4294

2. 한국인의 족보, 족보편찬위원회편, 일신각, 1977

3. 한국성씨보감(韓國姓氏寶鑑), 김종진 편저, 은광사, 1982

4. 동이한족오천백년왕통사(東夷韓族五千百年王統史), 안동준(安東濬),
   백악(白岳)문화사, 1978

5. 진주소씨 대동보(珍州蘇氏大同譜), 국립중앙도서관

6. 한국 수메르 이스라엘의 역사, 문정창, 백문당, 1979

7. 한민족의 뿌리사상, 안호상, 국학연구회, 1983

8. 한국의 금기어 길조어, 김성배 편, 정음사, 1981

9. 조선무속고, 이능화, 삼성출판사, 1977

10. 육도삼략(六韜三略), 강무학 역해, 정음사, 1981

11. 대학 중용, 이가원 감수, 이기석 외 3 역해, 홍보문화사. 1974

12. 중국어사주간, 외국어보급회 편저, 지영재 감수, 서울 문에서림, 1979

13. 주역, 노태준 역해, 홍신문화사, 1980

14. 맹자 선, 이기석 편역, 정순목 평설, 배영사, 1981

15. 소학 선, 이기석 편역, 배영사, 1980

16. 산해경, 백익

17. 사기, 사마천

18. 조선전, 이민수 역, 탐구당, 1983

19. 맹자집주, 김혁제 교열, 명문당, 1979

20. 고려사절요(高麗史節要), 국립중앙도서관

21. 설문(說文), 허신

22. 설원(說苑), 유향

23. 수경주(水經注), 역도원

24. 황제내경

25. 중국사전사화, 서량지, 화정서국, 1979

26. 한비자, 성동호, 홍보문화사, 1983

27. 오월춘추, 조엽

28. 여씨춘추, 여불위

29. 포박자, 갈홍

30. 중국의 신화, 을유문고 149, 장기근 저, 을유문화사, 1985

31. 삼일신고독법(1985년 국립중앙도서관 소장)

32. 삼일신고봉장기(1985년 국립중앙도서관 소장)

33. 참전계경총론(1985년 국립중앙도서관 소장)

34. 삼국유사(1985년 국립중앙도서관 소장)

35. 정감록, 이민수, 홍보문화사, 1985

36. 서양사개론, 민석홍, 삼영사, 1985

37. 효경(외), 이민수 역, 을우문화사, 1985

38 한단고기(桓檀古記), 온누리 국학총서 1, 강수원 옮김, 온누리, 1985

39. 조선상고사 상 하, 신채호 저, 삼성미술문화재단, 1985

40. 한웅과 단군과 화랑, 안호상, 사림원, 1985

41. 논어, 김경탁 역, 한국자유교육협회, 1974

42. 예기(상), 김영수 역해, 한국협동출판공사, 1983

43. 노자도덕경, 남만성 역, 을유문화사, 1986

44. 단기고사, 대야발, 개마서원, 1981

45. 북경중국어회화, 柳晟俊 편해, 청년사, 1986

46. 한사상, 온누리 국학총서 5, 김상일 지음, 온누리, 1986

47. 노자, 우현민 역주, 박영사, 1987

48. 동명왕편 제왕운기, 이규보 이승휴 저, 박두포 역, 을유문화사, 1987

49. 삼국유사 상, 일연 저 이민수 역, 삼성미술문화재단, 1987

50. 나라역사 육천년, 안호상, 한뿌리, 1987

51. 한단고기(桓檀古記), 겨레밝히는 책들 3, 임승국 번역 주해, 정신세계사, 1987

52. 부도지(符都誌), 박제상(朴堤上) 著/ 김은수(金殷洙) 역해(譯解), 가나출판사, 1987

53. 십팔사략 상, 증선지 저 윤재영 역, 박영문고 158, 박영사, 1987,

54. 규원사화, 신학균, 명지대출판부, 1984

55. 한국어형성사, 이기문 저, 삼성미술문화재단, 1987

56. 한국고대사(韓國古代史), 문정창(文定昌), 인간사, 1988

57. 단군기행, 박성수, 교문사, 1988

58. 인류문명의 기원과 한, 김상일 엮음, 가나출판사, 1988

59. 천기대요, 대한역법연구소편제, 대지문화사, 1991

60. 천지인, 단학총서 3, 단학선원 편집부 엮음, 단학선원

61. 삼국사기 상 하, 김부식 저 김종권 역, 명문당, 1988

62. 단군실사(檀君實史)에 관한 고증연구(考證硏究), 이상시(李相時), 고려원, 1990

63. 단군조선 47대, 한민족의 역사 5, 고동영, 한뿌리

64. 하나되는 한국사, 고준환 지음, 범우사, 1992

65. 천부경의 비밀과 백두산족문화, 겨레밝히는 책들8, 봉우 권태훈, 정신세계사

66. 오행설의 문제점과 육합법 한방학원론, 깨달음의 책 8, 치국평천지사

67. 상고사의 새발견, 이중재 저, 동신출판사, 1996

68. 한 철학사상사 1, 2, 3, 임균택 저, 호서문화사, 1996

69. 한국민속종교사상, 삼성출판사

70. 단기고사, 대야발 저/ 고동영 역, 한뿌리

71. 규원사화, 북애 저/ 고동영 역, 한뿌리

72. 신단민사, 김교헌 저/ 고동영 역, 한뿌리

73. 신단실기, 김교헌 저/ 이민수 역, 한뿌리

74. 동사년표, 어윤적 편저

75. 민족정사, 윤치도 저

76. 맥이, 농초 박문기, 정신세계사, 1996

77. 서경, 이재훈 역해, 고려원, 1999

78. 대동방씨족원류사 1,2,3

79. 한민족대성보 상-하, 한갑수 감수, 한국문화연구소편, 1999

80. 신의 자손 한국인, 김종서, 한국학연구원, 2008

81. 황금제왕국, 인류태고사학회 고증, 도서출판 삼희, 1997

82. 한국복식문화사, 유희경 김문자, 교문사, 2001

83. 황제내경소문대요, 허대동, 금산출판사, 1999

84. 고조선 사라진 역사, 성삼제, 동아일보사, 2008

85. 스마트코리아로 가는길 유라시안네트워크, 이민화, 새물결출판사, 2010

86. 고조선 문자, 허대동 지음/이민화 감수/조흥근 검증, 도서출판 경진, 2011

87. 동서양고전, 한국방송통신대학교 문화교양학과, 한국방송통신대학교출판부, 2010

88. 언어학개론, 성백인 김현권 공저, 한국방송대학교출판부, 1999

89. 영어학개론, 이익환 안승신 공저, 한국방송통신대학교출판부, 2010

90. 영어음성학, 이승환 안승신 공저, 한국방송대학교출판부, 1999

91. 한국화폐가격도록, 김인식 저, 오성 K&C, 2009

92. 별자리여행, 이태형, 김영사, 1990

93. 우주와 인간 사이에 질문을 던지다, 김정욱 유명희 이상엽 외, 해나무, 2007

94. 신화의 세계, 강대진-이정호 공저, 한국방송대학교출판부, 2011

95. 구약성서

96. 신약성서

97. 동경대전, 천도교본부

98. 성약성서, 리바이도우링, 대원출판사, 1984

99. 인도에서의 예수의 생애, 홀거 케르스텐, 고려원, 1989

100. 일본서기, 성은구 역주, 고려원, 1993

101. 일본역사, 연민수 편저, 보고사, 1999

102. 신약본초 전편-후편, 인산 김일훈, 도서출판 인산가, 2011

103. 이것이 개벽이다 (상,하), 안경전, 대원출판, 1992

104. 개벽실제상황, 안경전, 대원출판, 2006

105. 흠정만주원류고〈상권, 하권〉, 이병주 감수/남주성 역주, 글모아 출판, 2010

106. 브리태니커 세계 대백과사전, 브리테니커/동아일보 공동출판, 1998

107. 천강비서(천강비서) 격암남사고 비결, 신주태 편저, 한빛출판사, 2003

108. 답산기(踏山記), 도선대사~33대 전수자 한필선(34대 전수자 박민찬 소장), 1970(필사본)

109. 천년만에 대한민국이 세계를 지배한다, 박민찬, 자민사, 1998

110. 정감록, 김수산·이동민, 명문당, 1991

111. 사주정해, 백령관, 명문당, 1991

112. 선진화폐문자편(先秦貨幣文字編), 吳良寶 編纂, 福建人民出版社, 2006

113. 영어학개론, 신인철, 한신문화사, 2006

114. 영어형태론, 김영석, 한국문화사, 2010

115. 역경활해(易經活解), 邱宗云

116. 송하비결, 황남송·김성욱, 도서출판 큰 숲, 2003

117. 천부경 인간완성 신과의 대화로 빛나다(제1부 천부경과 음양오행 등 역원리 이해, 조홍근 저), 김영수 편저, 생각나눔, 2015

118. 조선의 한글편지, 박정숙, 도서출판 다운샘, 2017

119. 한국한문학사, 이가원, 보성문화사, 2018

120. 고전소설강독, 박태상·심치열, 한국방송통신대학교출판문화원, 2019

121. 고전시가론, 성기옥·손종흠, 한국방송통신대학교출판문화원, 2019

122. 한시(漢詩)의 이해(理解), 曺斗鉉, 일지사, 2018

123. 우리말의 구조, 이호권·고성환, 한국방송통신대학교출판문화원, 2019

124. 새끼줄악서, 정성남, 새뜰, 2017

125. 한국문원(韓國文苑)

126. 단서대강(檀書大綱), 心堂 李固善 纂

127. 정본 한단고기(正本 桓檀古記), 原著 桂延壽, 校閱 李沂, 흔뿌리,

외 다수

인터넷사이트

1. 유튜브–천산태백과 함께 하는 역사다물아리랑
https://www.youtube.com/playlist?list=PLUN8uTjFaGofVdOiREdWlqDy
hgG9fCz3m

2. 한문화사업총단(桓文化事業總團) 블로그
http://blog.daum.net/cheonjiinmunhwa

3. 한문화사업총단(桓文化事業總團) 카페
http://cafe.daum.net/hanmunhwan

4. 트위터 역사당

http://twitdons.com/group_follow/detail.php?id=1582

5. 페이스북 역사당

http://www.facebook.com/home.php?sk=group_111847732222918&ap=1

6. 천산(天山)역사연구원(舊) http://kr.blog.yahoo.com/sppopsj

7. 단군조선한글, 허대동 http://blog.daum.net/daesabu

8. 한국사 데이터베이스, 국사편찬위원회 http://db.history.go.kr/

9. 요나구니 유적, 물에 잠긴 고대도시 https://f1231.tistory.com/9

10. 새롭게 발견되는 1만 2천 년 전 해저유적 (1편)

https://m.blog.naver.com/PostView.naver?isHttpsRedirect=true&blogId
=silvino111&logNo=221282594117

11. 중국사서(원문사본) 중문 사이트

https://sou-yun.cn/eBookIndex.aspx?c=Shi

12. 참한역사신문 http://www.ichn.co.kr

13. 풍수지리신문 http://www.poongsoonews.com

마고(麻姑) 시대와 한배달조선(桓檀朝鮮) 시대에 사용되던 상형문(象形文), 갑골문(甲骨文) 등 진서(眞書:神篆)로 베껴 쓴 천부경 - 天山太白